鳳凰京の呪禁師（じゅごんじ）

円堂豆子

角川文庫
23297

目次

——きみ、名前は？

こたえると、その男はいった。

「ヒトリ。いい名前だね」

だから、驚いた。いい名前だなんて、思ったことがなかった。

ほかに兄弟がいなかったから、名も「ヒトリ」。

いまは母親ともはぐれてひとりぼっちだから、ますます「ヒトリ」。

「大事な名だ。なら、私はきみに字をあげるよ」

男は背丈を合わせるように隣にしゃがみこんで、土に「緋鳥」と書いた。

「真っ赤な鳥っていう意味だよ。これからきみが暮らす都は鳳凰京（ほうおうきょう）といって、真っ赤に燃え盛る炎をまとった鳥が守っているんだ」

「炎の、鳥？」

聞き返すと、男は笑った。

「大きな火の鳥で、鳳凰と呼んでいるよ。じつはね、私は鳳凰のお世話係をしているんだ。一生懸命学んだら、きみもきっとその役に就けるよ——呪禁師（じゅごんじ）っていうんだ」

昇進試験

視察という名の朝の散歩のついでなのか、ゆらりと典薬寮（てんやくりょう）へ立ち寄ったその男は、こういった。

「じつは、川に橋を架けたいのだ」

「はあ」

男は宮内卿（くないのかみ）といって、呪禁師が勤める典薬寮、それをさらにつかさどる宮内省の長官（かみ）。

身分でいうと、緋鳥（ひとり）の上官の、その上官の、さらにその上官にあたる。

つまり、かなり偉い。

橋を架けたいという発想も、身分ある男ならではだ。

そうですか、架ければいいじゃないですか。と、緋鳥は思った。

橋があれば、行き来がしやすくなって、みんなが助かりましょう。

ただ、話す相手を間違えています。ここへくるのもお門違いです。

ここは典薬寮で、いるのは呪術や医術、薬草の手練とその見習いだけです。

こんなところでへらへら笑って「橋を……」といくら無駄話をしようが、うまくいきようがないと思いますが、いかがでしょうか？――と、緋鳥はいいたかったが、貴族相手にそのようなことをいわないほうが良いのはさすがに知っていた。

　緋鳥は「そうなのですね」と作り笑いを浮かべた。

「そうであれば、隣の棟にある土工司でお命じになると良いのでは。もしくは木工寮とか――」

「ああ、もちろんいったとも。そうしたら、なんとだな、橋を架けるのはたいへん苦労なことで、多くの木材と人夫がいるというのだ」

「はあ」

　それはそうでしょう。橋を架けるなら用材の丸太がいります。丸太を運ぶ人も、川の中に入って組み立てる人もいります。当たり前のことじゃないですか。どこが「なんと」なのでしょうか。

　このおっさん、頭大丈夫か？――とも思ったが、いわないほうが良いのは自明の理。

　緋鳥は懸命に笑顔をたもった。

「でも、土工司も木工寮も宮内省に属しており、あなたは長官なのですから、宮内卿さまから手を回していただければ難なく事は運ぶのでは――」

「いや。苦労をさせるのは忍びないし、財もこころもとない。であるから、いいことを思いついたのだ。もののけの力を借りられないだろうか」

「はあ」

「昼は人に、夜はもののけに働いてほしいのだよ。そうすれば人の力仕事が半分で済む。

そこで呪禁師に頼みたいのだが、橋造りがうまいもののけを探して、手伝うよう命じてほしいのだが」

「はあ？」

とうとうへんな声が出た。

昼の力仕事は人に、夜はもののけに？

このおっさんはどこかで妙な伝説でもきいてきて、真に受けたのだろうか。

「あのですね、そのように都合の良いもののけはおりませんし、だいいち我々はそのような取次役ではございません。典薬寮がおこなっておりますのは、医術や呪術を駆使して、鳳凰京の皆様が健やかにいられるように尽くすことで――」

「なにをいうのだ。呪禁師ならそれくらいできるだろう」

「できませんよ」

緋鳥は呆れ果てて、ため息をついた。

たまにいるのである。こういう、呪禁師をなんでも屋と勘違いしている奴が。

「呪禁師がおこなっておりますのは、薬種の取り扱いに占い、天文と、陰陽寮の皆様に近しいことでございます。呪術をもちいた祓いを得意としますが、宮内卿さまが考えておられるような都合のよいものでは、けっして――」

「しかし、呪禁師は奇妙なわざをおこなうときいたぞ。ここにいるということは、おまえもその呪禁師なのだろう？」

「いいえ、まだ学生(がくしょう)の身。呪禁生(じゅごんしょう)です」

「なんだと、ならば呪禁師を出せ」

おまえじゃ話にならんと宮内卿が怒りだすが、緋鳥も腹が立った。

「いいえ。本日は呪禁師代理としてここに仕えております。なんなりとお申しつけを」

「だから話しておる。もののけの力を借りて橋をだな――」

「あのですね。重ねてになりますが、そのように都合の良いもののけはいないのです」

ああもう、鬱陶(うっとう)しい。緋鳥はいらいらと続けた。

「だいいちですね、欲をかくならばふさわしい礼をせねばなりませんよ。たとえば、嫁でもやれば喜んで手伝いにくるかもしれませんね。――ああそうだ。宮内卿さまのお嬢様はたいへん見目麗しいとききました。あなたの娘を嫁にしてやるといえば、力自慢の鬼でもいうことをきくのではないでしょうか？」

「きさま――」

「きさま？」

緋鳥は知らんぷりをした。

これだけいってるんだから、いい加減あきらめて帰ればいいのに。

「はて。きさま――おきさ、きさま――あぁ、お嬢様よりもおきさき様をさしだすほうが、鬼が喜ぶと？　うっかりしておりました。では、奥方をもののけにくれてやれば、きっと橋を造ってくれるでしょうね。でも、無理ですよねえ」

緋鳥の目の前で宮内卿の顔が真っ赤になっていく。激怒したようだ。

「なんと無礼な——覚えておれ」

肩をいからせて立ち去った宮内卿を、先達の呪禁師、昆が追いかけていった。

「緋鳥、やりすぎだ！」

妹分の非礼を詫びにいくのだろうが、緋鳥にも言い分はあった。

「朝早くから、何が『いいことを思いついた』だよ。もっと他にすることがあるでしょ？　貴族は働かないでぶらぶらしてるって噂はほんとなんだね。つきあってられるか！」

呪禁師のお勤めは、日の出の刻にはじまった。

都に朝を告げる守辰丁の鼓の音とともに、朱雀門以下、宮城十二門がひらき、鳳凰京で働く全員が持ち場につく。

大勢が一斉に官衙や持ち場へ向かう朝の大移動は、鳳凰京の名物である。

数万人が暮らす鳳凰京で、朝廷のもとで働く人は、あわせておよそ八千人。

ただし、おもに働くのは下級役人とその下働きだ。

下級役人が八百人、下働きをする史生や人夫、散位があわせて七千人いて、高級役人と呼ばれる貴族は、だいたい二百人。

そのたった二百人の貴族が、ほとんどの要職を独占している。

そのくせ、貴族はろくに働かない。——そういう噂だ。

典薬寮にやってきた貴族の男、宮内卿も、働く気があるのかどうなのか。いや、ないな、と、緋鳥は思った。

橋を造りたいならしかるべき役所へ向かうべきなのに、もののけの力を借りたいだなどと、やる気以前の問題だ。

あんな男が、上官の、その上官の、さらにその上官だなんて、世も末だ。

鳳凰京の貴族連中の頭は、いったいどうなっているのだ？

「これ、緋鳥」

かっかとしているところに、ぱしんと頭のうしろをはたかれる。

見れば、師匠が苦笑していた。

「短気はいけない。いまのは評定をさげておくよ」

その男は名を白兎（はくと）といい、呪禁博士という位に就いている。

呪禁生の師や呪禁師の長を務めているが、十年前——七つの時から、緋鳥はこの男を「師匠」と呼んできたのだった。

「評定を？　なんの——」

「考課に決まってるだろう。きみは、呪禁師に昇進するための見極めの真っ最中でしょうが」

その見極めは、三年に一度おこなわれた。

緋鳥は十四歳で典薬寮に入寮したが、それから三年が経ち、十七歳になった。考試にすべて及第し、学問を修めて、最後の見極めを受けてよしと認めてもらって、いまはちょうどその期間にあたる。

最後の見極めの内容は、呪禁師代理として呪禁師と同じように働くこと。

満月の晩にはじまり、夜空から月が消える朔の晩まで半月かけて続くのだが、そのあいだのお勤めの様子を見て「良」と判じられれば、呪禁師見習いの呪禁生から、呪禁師へと昇進できる。

まずは取次役から――と、典薬寮の来客の番を任じられていたのだった。

えっ、と緋鳥は大きく口をあけた。

「短気はいけないだなんて、考課の項目にあった？　座学でも習ってないよ」

呪禁生が学ぶおもなところは、「呪禁して解忤し、持禁する法」。

解忤とは、呪禁の術をもって他人の邪気を祓うこと。

持禁とは、呪禁の術をもって身体を硬くし、湯や火、刃など、病災から身を守ること。

つまり、祓いと、守りの呪術だ。

棒術や薬術、天文術なども学ぶが、短気がどうとかは習わなかった。

ふくれっ面をしていると、白兎はやれやれと肩をすくめた。

「呪禁師でなくとも、官人として必要なことだね。それとも、学ばなくちゃわからないというなら、大学寮の学生にまじって儒学でも学んでくるかな？」

「儒学って、子曰くなんたらかんたらっていう、あれ？」

儒学というのは、大陸から伝わった学問のひとつだ。

その学問で学ぶのは、品性がどうとか、人徳とは人を愛し思いやることやら、目上の人を敬えやら、やたら『いいこと』ばかりで、緋鳥の趣味とは合わなかった。

「あんなの、わざわざ学ばなくたって当たり前のことじゃ――」

「そういうのは、無心のうちにおこなえるようになってからいいなさい。いけないことは、いけない。反省しなさい」

白兎はいつもにこにこと笑っていて物腰が柔らかい男だが、信念は曲げない人だ。

ぜえ、はあ――と荒い息をもらして戻ってくる男がいる。

宮内卿を追いかけて出ていった兄弟子、昆だった。

「……師匠、詫びてきた……平謝りして、許してもらった……」

「さすがだね。よくやった」

どこまで追いかけてきたのか。昆はくたびれ果てて、わき腹をおさえて柱に寄りかかっている。

ようやく緋鳥も、なにやら過ちをおかしたのだと気づいた。

「わたしのせいで、すみませんでした。ありがとう」

気遣ってもらったのだから感謝して詫びるべきだ。それが筋である。

渋々と頭をさげるが、納得はいかなかった。

「でも、師匠。宮内卿は妙な命令をしていたよ。もののけを使って橋を架けろだなんて――」

「そうだねえ。緋鳥は知らなかったかもしれないんだけどね、呪禁師の一番面倒くさい仕事はね、お喋り(しゃべ)の相手なんだよ」

「うん?」

「それもね、位の高いお方が相手だと、『そうですね、そのようなことをお考えになるとはさすがですね』とうなずかなくちゃいけないんだよ。じつに面倒だよね。そのうえで『ですがね』と言いくるめられれば、一人前なんだけどね」

「なにそれ――」

「処世術だよ、弟子よ」

白兎は冗談をいうように笑った。

「つまりだね、たいていの人は、奇妙なこととそうでないことの区別ができるほどには奇(く)し事に詳しくないし、違いを見分けることもできないのだよ。あちらは怨霊(おんりょう)、こちらは病と判断できるのは手練の我々くらいだ――と、そう思ってやると、心穏やかに話をきいてやれるものだよ? 弟子よ」

「はい、緋鳥。つぎの仕事だよ」

典薬寮には、さまざまな木簡が届けられる。

薬種を取り扱うので、この薬が欲しいとか、病を診てほしいとの依頼が多かったが、時々は呪禁師あての依頼も届いた。

白兎がさしだした木簡には、このようなことが書かれていた。

『辻に、もののけに憑かれた男あり。急ぎ確認せよ』

「と、いうわけだ。出かけようか。そろそろ外回りも任せたいしね」

見極めがはじまってから、今日で七日目。

見極めの期間にあたる半月のうちちょうど半分が過ぎたところで、残すところもあと七日だ。

はじめの七日間に緋鳥が任されたのは来客の番だったが、見習いのころから手伝ってきた仕事でもあったので、正直なところすこし飽きていた。

ほっとして、緋鳥は「はい」と返事をした。

「ついでに、今日は宝物殿にうかがう日だから、そのまま向かってもらおうかな」

「あぁ、今日だったね」

そういう話もあった。と、緋鳥は思いだした。

宝物殿というのは、海を渡ってやってきた舶来の品をはじめ、さまざまな宝が収蔵される宝物庫だ。

薬種もさまざま収められていて、たいへん貴重なので、医師や呪禁師（じゅごんじ）、内薬司（ないやくし）の侍医など、薬に携わる面々がそれぞれ閲（けみ）するようにさだめられている。

呪禁師にあてられたのが今日と明日で、緋鳥が向かうことになっていた。

緋鳥と白兎が二人で典薬寮を出た時、ちょうど鼓の音が鳴った。

守辰丁（しゅしんちょう）が告げる〈時の音〉で、退朝鼓（たいちょうこ）という。

お勤めの終わり、帰って良いとしめす音だ。

ただし、仕事が終わっていればの話。

「まあ、帰れないよね」

呪禁師の働きぶりは幼いころから見てきたので知っていたが、残業は日々のことである。いまも緋鳥は、仕事が終わって帰るどころか、つぎの仕事に出かけるところだ。

官衙（かんが）を抜けるあいだに周りを見渡してみても、帰り支度をしている人はほとんどいなかった。

白鳳宮（はくほうきゅう）を出て大路にさしかかっても、ごった返していた朝と違って、人の流れは穏やかだ。

みんな忙しく、帰ってよいはずの時間に帰れる者は稀（まれ）なのである。

さっさと帰れるのは、貴族くらいだ。

退朝鼓が鳴ると、貴族が集まる朝集殿（ちょうしゅうでん）での政務はおひらきになるので、優雅に裾（すそ）をはためかせて自邸へと戻りゆく雅男（みやびお）たちの姿を見かけるようになる。

噂によると、邸に帰った後で貴族は歌を詠むらしい。

風流という名の怠け癖としか、緋鳥には思えなかったが。

「ねえ、師匠。貴族って本当にろくに働かないんだね」

「うーん、人によると思うよ」

白兎は苦笑していったが、緋鳥は「うまく逃げたな」と思った。

木簡に書かれていた辻へと向かうと、人だかりができていた。

「呪禁師さま。こちらです、呪いです」

近づいていくと、人の輪がわっとゆがんで隙間ができる。

さあどうぞ、見てください、どうにかしてくださいと、人の目が集まった。

「この男が、昨日からここに倒れているんです」

「虫に覆われてるのを見たって奴もいるんです」

「私も見ました。気味の悪い虫が！」

この男です、こっちですと、押されるようにして向かうと、辻の端に男が一人倒れていた。ぼろ布をまとっていて、肉が削げて見えるほどやせ細っている。

「こんなところにいられちゃ迷惑なんで追い払いたいのですが、もののけが憑いているなら、祟られるんじゃないかと――」

「どうすればよいですか、呪禁師さま。お役人に頼んでも、もののけが絡むなら近づくのは呪禁師さまの検めの後だと――」

「まあまあ、落ち着きなさい」

人々をとりなしつつ、白兎は緋鳥を向いて笑った。

「どうかな、緋鳥」

「うーん――呪いかな、病かな。腹のあたりになにかが見えるんだけど……」

緋鳥が、男のそばに膝をつく。

男は身分が低い下働きに与えられる服を着ていたが、替えがないのか、ぼろぼろだ。

すりきれた丈の短い裾の下にのびる素足は、土埃にまみれて白くなっている。脛に触れてみると、かなりむくんでいた。

男は時おり「うう」とうめいて腹をおさえた。顔色もかなり悪い。

緋鳥は背後を振り返った。

人の壁ができていて、呪禁師の手わざを見ようと人が群れている。

その中に、さっき訴えてきた女を捜した。

「ねえ、虫を見たっていってたよね。どんな虫だったかな」

「どんなって、そりゃ、とっても恐ろしい……」

「色はどんなだった？」

「そりゃもう恐ろしい、黒い色の――」

「黒い？　白ではなくて？」

「白い虫っていったら蛆やら虱やらですよ。そんな虫じゃありませんでした。人にまとわりつくような気味の悪い虫で――いわれてみれば白っぽかったかもしれませんが」

「細長い虫かな？　蚯蚓みたいな」

女が「はい、たしか」とうなずくのをたしかめて、緋鳥は白兎を振り仰いだ。

「師匠、寸白だと思う」

寸白というのは、人の腹にすみついてしまう虫による病だ。

緋鳥の目には、男の腹のあたりで蠢く虫の影が見えていたし、身体の状態からみても間違いはなさそうだ。

白兎は弟子の見立てを見守るように、背後にじっと立っていた。

「そうか。だったら、どんな薬が要るかな？」

「檳榔子、訶梨勒、雷丸――でも」

いずれも舶来の品で、これから向かう宝物殿にも収蔵されている貴重な薬だ。

どう頼んだところで、辻で倒れた貧しい男に与えられることなどないだろう。

「どれも高級だ。この人には――」

貴族なら――位の高い誰かがその病にかかったら、貴重な薬だろうがさっさと届けられるのに。

唇を噛んでいると、白兎がくすっと笑う。

「高名な薬はそのあたりだろうけど、ほかにもあるだろう？」

「ほかに？　胡桃、干薑、それから、牙子――でも、効き目は弱……」

「うん。干薑なら、持ち合わせがあるよ」

　白兎は衣の合わせに指先をさしいれて、布包みを取りだした。

「持ち合わせ？　でも——」

　薬は貴重だ。いくら薬を扱う典薬寮（てんやくりょう）といえども、その薬は国のものだ。

　預かっているだけで、呪禁師が勝手に使うなどは許されない。勝手ができないように、出し入れの記録と在庫があっているかどうかの検めも月に一度あった。

「もののけの仕業じゃないとわかった以上、薬を使わせてもらえるように改めて頼まないといけない。わたし、ひとっ走り典薬寮までいってくるよ。薬を——」

「いいじゃないの、もうここにあるんだから。順序が変わるだけだよ。借りるだけだから、返せばいいんだよ」

　白兎は布包みの中からひとつふたつ欠片（かけら）をつまんで、男のそばにうずくまる。

「薬だよ。呪いでももののけの仕業でもないよ。治る病だよ」

　白兎がさしだした薬の欠片に、倒れていた男はそろそろと手を伸ばした。まるで、生涯にたった一度の宝物をさずかるように喜んだ。

「よく噛みなさい。気が楽になる」

　薬を渡すと、白兎は緋鳥を向く。

「病気平癒の祓（はら）いをしてあげなさい」

「はい」

緋鳥は、手を男の腹に触れさせた。

くちびるをひらき、唱えたのは、諸々の邪を祓い、男の身体を害するものを遠ざける呪言だ。

「魂魄一振、万魔を灰と成せ。喼急如律令。魂魄一振、万魔を灰と成せ――」

「うわ……」と、周りから声があがりはじめる。見間違いをふしぎがるような声もした。

「光ってる、呪禁師さまの手が――」

修練をしなくても見える人が稀にいるが、緋鳥にはしっかり見える光だった。

人は誰でも、おのれの身を守る結界をもっている。

呪禁の術をもってその結界を操るのが、呪禁師だった。

おのれの結界が光を放つまで力を行き渡らせて、男の体内で害を為すものの動きを「禁」じ、呪縛する。力を奪った後は、男の身体から出してやる。

この人の結界を強めて、邪悪なものよ、去れ。

邪悪なものよ、去れ――。

手に集まった光が伝わって、弱っていた男の結界に力が移っていく。

小さくなっていた火に、消えてはだめだ、燃えろ――と風を送るのに似ていた。

守りの力が戻れば、病はおのずとしりぞいて、快癒に向かうのだから。

それが、鳳凰京の呪禁師がおこなう祓いだ。調伏ともいう。

「いいね」

　白兎は様子を眺めつつうなずいて、男に笑いかけた。

「この子は病気平癒の祓いが得意なんだ。これで大丈夫。よかったね、すぐに治るよ。歩けるようになったら典薬寮へおいで。薬湯を飲ませてあげるから」

　辻を離れるころには、太陽が真上にのぼる時間にさしかかっていて、大路はくる時よりも賑わっている。

　しばらく二人で歩いたのち、大路が交差する四つ角で白兎が立ちどまる。

　白兎の足先は北へと向いていた。

「では、私が向かう先はこちらだから」

「師匠はどこにいくの。そっちになにかあったっけ」

　鳳凰京の北側、北ノ京には、貴族の邸宅が集まっている。

　そちらの方角に向かうとすれば、白兎は貴族にでも呼びだされたのだろうか。

　尋ねると、白兎は「今日は違うかな」とのんびりいった。

「人を捜してるんだ。こっちのほうに気配を感じたから」

「人捜し？」

「うん。じゃあ、宝物殿のほうは頼んだよ。よしなに」

　白兎はすらりと背が高い。背恰好も顔もきれいなので目立つはずだが、ふしぎと周りになじんでしまう人だった。

　浅緑の衣をまとった白兎のうしろ姿は、昼間の陽光に溶けゆくようにして、大路の雑踏にまぎれていった。

緋鳥が出かけることになった先、宝物殿は、とある神宮の中にあった。

国家守護を祈願する由緒正しい神宮で、帝と血がつながった皇族がつかさどっており、祈りの場となる本殿や拝殿も豪奢だが、中でも宝物殿が立派だ。

鳳凰京でもっとも大きな宝物庫で、海を越えて異国から運ばれた宝がしまわれている。

螺鈿の花模様がほどこされた弦楽器に、水を固めて造ったように澄み切った玻璃の器。

緑や赤や藍など、天上の楽土の品を彷彿させる色彩豊かな皿や水差しなど、舶来の宝物がずらりと並んでいるさまは、どこもかしこも豪華絢爛。

呪禁生になってから、薬術の修練と手伝いをかねて何度か足を踏み入れてはいるものの、あまりの豪奢さに目がまわりそうだ。いったいどこを見てよいのやら。

まあ、仕事にきたわけなので、珍しい宝をじっくり拝んでいる暇はなかったが。

「呪禁師どの、薬種はこちらですよ」

緋鳥が任じられたのは、舶来の薬種の検めだった。

薬種の確認は、宝物殿を管理する役人の監視のもとでおこなう。

一人での立ち入りは許されず、外には衛士も控えていた。

妙な真似をすれば、すぐさま国の宝を狙う盗人と見なされる――そのはずだ。

「ああ、お名前を書いていただきますよ。ここに、名前と、所属と、日付と――」

誰がいつ足を踏み入れたかと、記録も残すことになっている。

筆記台に筆を置き、木簡を手渡すと、役人はそれを覗きこんだ。

「典薬寮の呪禁師、緋鳥さん――ですか」

ただしくはまだ呪禁生なのだが、見極めのあいだは仮の呪禁師として扱われることになっていた。その位に就いていないとできないお役目があるせいだが、役所への届けも済ませている。

「はい、よろしくお願いします」

挨拶を終えると、緋鳥は薬種に向き直った。

さて、はじめますか――。

まずは、携えてきた本を床に置いた。

紐を解き、束ねられていた木簡をくるくるとひろげていく。

本の名は『万薬帳』といって、宝物殿に収められた舶来の薬種の一覧が載っている。

病人が出て、ここの薬を使うことが許されたなら、薬は減っていく。

出し入れの際には記録が残るので、その記録と、減った分が合っているかを調べるのが、緋鳥にまかされた仕事だった。

収蔵されている薬は、全部で六十種。呪禁師に与えられた日数は二日。

つまり、今日のうちに六十種のうちの半分、三十種について、薬の在庫をたしかめ、記録と照らし合わさねばならない。

誤りがあってはいけないし、薬の知識はもちろん、手際のよさが必要になる。

でも、緋鳥にとっては朝飯前だ。典薬寮でも同じ作業があったからだ。

鳳凰京のすべての人のための薬をつかさどる典薬寮には、鳳凰京に集まる薬の大半が保管されている。

量も、宝物殿とはくらべものにならないほど多いが、その管理も典薬寮の役目だ。

薬の検めは、呪禁生になる前、使部という下働きをしていたころからやってきたことで、緋鳥にとっては慣れたものだったのだ。

（なんだ、らくちん。呪禁師の手伝いだって、これまでも時たまやってたものね。呪禁も、技によっちゃ兄弟子よりも得意だし）

見習いの身とはいえ、腕はそれなりにいいはずなのだ。

昇進をかけた見極めにもきっと受かって呪禁師になれる。ただ――。

（心配なことといえば、素行の悪さか）

今朝がたにも、白兎と兄弟子から叱られたところだ。

『短気はよくない。呪禁師でなくとも、官人として必要なことだね』

緋鳥としても、一番苦手なところだった。

（わざとじゃないんだもんなぁ。気をつけようとしてもうっかり出ちゃうというか。目立たないようにひっそり生きていよう。せめて、この半月だけでもおとなしく――）

昇進の見極めがおこなわれる半月は、三年かけて励んできたことをあますことなくおこなって、実力を認めてもらうための大切な期間だ。

とにかく評価の「良」が欲しい。

すこしくらい我慢して得られるなら、耐えるべきなのだ。

なんとなく背筋を伸ばして、緋鳥は、薬と本とを見比べはじめた。

宝物殿に収蔵された薬を、本に記されたとおりに秤ではかったり数えたりして、そのつど木簡に記していく。

この半年のあいだに記録された木簡とつきあわせて、数が合っているかどうか——。

「問題なし。つぎは——」

麝香、犀角、朴消と、手際よく検めを進めていき、とうとう、今日たしかめるべき薬種のとっておきの五品を残すのみになった。

舶来の毒薬である。

まずは、烏頭。鳥兜ともいい、その母根の部分をとくに烏頭と呼ぶ。鳳凰京の周辺諸国にも生えている薬草なので、典薬寮にも保管されており、毒をおさえて薬として使う。

よくも悪くも、強い薬というのは力を秘めているものだ。

秤に載せるために手にとって、緋鳥はため息をついた。

（なんて、まがまがしい——）

国産の烏頭ではなく、舶来の烏頭だからか。

異国風の魔の気配がぷんぷんと漂っている気がして、緋鳥はうっとりと目を細めた。

まがまがしさというのは、時に美しいのである。

烏頭の量をはかり終わると、つぎの薬へ。

（附子（ぶし）――こっちも烏兜だ）

附子は、烏兜の子芋にあたる。

（そして、冶葛（やかつ）。これもまた、まがまがしい――）

そちらもはかり終えると、緋鳥の目はぎんぎんに冴（さ）えた。

残すところあと二品。

ついに、宝物殿に収蔵された毒薬中の毒薬をはかる時がきたのだ。

（つぎは、鴆毒（ちんどく）。ああ、まがまがしい！）

叫びだしそうになるのを、懸命にこらえた。

鴆毒（ちんどく）というのは、五種の毒から生じる煙で鶏の羽を燻（いぶ）してつくられる毒で、酒や水に浸して使う。味も匂いもなく、知らずに口に入れた相手をあっというまに殺してしまう、ひと刺しで命を奪う凄腕（すごうで）の刺客のような毒だった。

巷（ちまた）の若い娘は、見た目の麗しい美丈夫が目の前を通りかかると思わず立ちどまって見とれるかもしれないが、緋鳥にとっては、毒薬こそがその美丈夫だ。

めったに出会えない男前のようなものだ。

鴆毒（ちんどく）は、いうなれば最恐の毒だった。悪の魅力がほとばしっている。

「あぁ、たまらない。かっこいい――」

「呪禁師（じゅごんじ）どの、どうなさいました。なにか気にかかることでも……」

「あ、すみません。なんでも――」

しまった。うっかり声が出ていた。

（落ちつこう――見とがめられないように）

宝物殿にやってきた呪禁師の娘が、毒物を前にしてにまにま不気味に笑っていた、などと噂がささやかれてしまったら、とんでもないことになる。

毒をひそかにくすねて誰かを殺そうともくろんでいるのでは――と勘違いしてくれれば、まだいい。鴆毒（ちんどく）を至高の男前になぞらえて興奮していたなどとばれたら、恥ずかしくて死にそうだ。

（ばれないうちに終わらせよう。つぎは――）

最後に残したのは、竜葛（りゅうかつ）。

強い毒をもった植物の根を乾燥させたもので、効き目は冶葛（やかつ）に似る。

『万薬帳』によると、竜葛は三十五斤が収められている。大量だ。

（こんなにたくさん量らなくちゃいけないなんて。骨が折れるなぁ）

と、胸では思いつつ、わくわくとした。それだけ長い時間をかけて、珍しい毒薬に触れていられるのだから。

竜葛もなかなか強い毒で、舶来頼りなので、この国では宝物殿にしか存在しない。

（さて――）

秤と錘を支度して、からからに乾燥した根を手にとり、いざ――ともちあげたところで、首をかしげる。

その竜葛という生薬からは、毒薬ならではのまがまがしい悪の魅力を感じなかった。

どちらかといえば、たいへんいい人っぽかった。問答無用で命を奪う極悪人の雰囲気をもつどころか、すれ違う人のすべてに「おはようございます！　ごきげんいかが！」と元気に声をかけて歩く、驚くべき善人のような。

どちらかといえば、万能薬にある気配だ。

「あれ？」

見た目は、竜葛に似ていた。でも、あきらかに効能が違う。

くんと匂いを嗅いでみて、さらに眉根をひそめた。

（これは、柴胡？）

大量に収蔵された竜葛は、七つの束に分けて保管されていた。

でも、緋鳥が手に取った束は竜葛ではなく、竜葛によく似た見た目の別の生薬だった。舶来のものなのか見慣れた生薬よりも大ぶりだが、熱冷ましや強壮によく使われ、胸や腹の痛みにも効く良薬だ。

つまり、緋鳥が手にとった舶来の毒薬の一束分がまるごと、どういうわけか、別の薬にすり替わっていた。

調べてみると、一束分どころか、竜葛として収められていた乾燥根七束分のうち、二束分が柴胡にすり替わっていた。

見た目も手触りも似ているが、別の薬だ。

（どういうこと？）

宝物殿は、国宝級の貴重なものばかりが収められた、国家の収蔵庫。

書物や壺、器、屏風など、収蔵されるすべてのものが年に数回、さまざまな目利きの手によって状態を調べられる。

薬種も、呪禁師や医師、内薬司の侍医など、鳳凰京にいる薬の手練が腕と誇りをかけて調べるのだが、中でも、烏頭、附子、冶葛、鴆毒、竜葛という五種の毒は、とくに厳重に扱われた。

そのひとつの竜葛が別の生薬と入れ替わっているなど、ありえないことだった。

しかも、見た目だけはそっくりな薬に替えておくなど、巧妙でずるがしこい手口だ。

まるで、なにが起きたかを隠すようではないか。

（まさか——。気のせい、だよね？）

宝物殿を出て、典薬寮へと大路を戻りながら、緋鳥はずっと考えっぱなしだった。

（薬種の見極めなんて簡単だってうぬぼれてたから、罰があたったんだろうか。明日、

もう一度たしかめよう。出向く前に典薬寮の薬箱で柴胡を調べておいて──）

いつのまにか、京の市にたどりついていた。

市は、米や味噌、酢に魚とさまざまなものが並ぶ、庶民も貴族も集まる賑やかな場所だった。

（そうだ、墨を買わなくちゃ。きれかけていた）

学生なので読み書き道具は大事だ。とくに筆と墨はまめに用意しなければいけない。

ただし、墨は三十文、筆はだいたい六十文。

けっして安い品ではなかったし、もちあわせもなかった。

（下見だけしておこうか）

ぶらぶらと散歩をして、ごちゃごちゃになった頭の中を整えたい気分だった。

（もしも本当に竜葛が宝物殿から持ちだされていたとして──なら、持ちだしたのは誰？）

日が暮れはじめて、西日が横から差していた。

茜色の光が街にあふれた、たそがれ時。

道で知り合いにでくわしたとしても姿がよく見えずに、「あなたは誰ですか」と尋ねなければいけないから、誰彼──と名づけられた時間だ。

鳳凰京の大路でも、強い光を浴びた壁や人の影が足元から長く伸びていた。

顔すらろくに見えなくなる人の姿よりも、地面の影のほうがいきいき動いて見える、不可思議な時間でもある。

濃い影におおわれた大路を、緋鳥はぼんやりと歩いた。

（どうやってすり替えたんだろう？　わたしみたいに仕事で立ち入る奴だって、妙な真似をしないかって必ず見張られるのに――。だいいち、入れる人はかぎられる。呪禁師と医師と、内薬司の侍医と――。薬種を扱う人でなくても、帝の宝にかかわる人なら入ることはできるか――なら、宮内省の人？）

勘違いでなかったとしたら、なぜそんなことが起きた？

誰が？

なんのために？

でも、その時。はっと息をのんでのけぞった。

しゅん！　と風を切って飛んでくる矢があった。

とん！　と音を立てて、緋鳥の鼻先をかすめたその矢は、そばの壁に刺さった。

てぃん……！　と先端の矢じりは壁をえぐって、矢柄を震えさせていた。

壁に刺さった衝撃で、矢はまだ震えている。

鼻先を通りすぎた矢の行方を唖然として見つめて、緋鳥はぞっとした。

あぶなかった。

いやな予感がしてよけなかったら、この矢は、緋鳥の頭を左の耳から右の耳へと貫いたはずだ。

（流れ矢？）

矢が飛んできた方角を探した。

鳳凰京のおもだった門は日没とともに閉じてしまうので、京の外に家がある者は早めに京を出る。京の中に住んでいる人も、早々と家に戻って寝支度をはじめる。人でごった返す朝や昼間とは大違いで、いまの大路には人の姿もまばらで、さびしいものだった。

（どこかで騒動が起きて、衛士が放った矢がたまたま運悪く飛んできた？）

だとしたら、とんでもない偶然だ。

そんなことが本当に起きたなら、ちょっと面白い――愉快がっている場合でもないが。

（それとも、狙われた？）

周りを睨んだ。でも、緋鳥がいた通りに人の気配はない。

いや――。地べたの影が動いた。

人の姿がないのに、大路をさっと横切る長い影があった。

（なに。――持禁を）

持禁というのは、呪禁師の奥義。守護の技だ。

緋鳥は、身体に力をみなぎらせた。

昼は人の時間、夜はもののけの時間だ。

夜になると、もののけが動きはじめる――というよりは、法が変わった。昼間であれば人がさだめた法や風習がまかりとおるかもしれないが、夜にはその法が役に立たなくなるのだ。

夕時のたそがれ時と朝方のかはたれ時には、昼と夜、ふたつの時間が混じり合う。

さまざまなものが有耶無耶になって物や術の出入りがおこなわれたり、見張っていても注意がいき届きにくくなったりするので、呪術に携わる者にとっては気にかけるべき大切な節目なのだが——。

(時間の隙間を狙って動くなら——それを知っている人か、もののけの類だ)

大路を横切った影は、端へとたどりついていた。

壁の真下に伸びる濃い影のもとに、影に混じり切っていないなにかがある。

(人?)

影と影のあいだに、人がうずくまっていた。背中をまるめて小さくなっているが、背の高い男に見える。

緋鳥は目を細めた。頭の形や肉の付き方に見覚えがある気がしたのだ。

(誰——知ってる人?)

懸命に目を凝らしたが、なかなかよく見えない。——いや、違う。

見えたはずの人の姿が、ぼやけはじめていた。まるで、似た色をした影にじわじわと溶けていくように——。

『……けて、れる……けて。れる……』

はっとして、咄嗟に耳を澄ます。

耳の奥でボソボソと誰かが喋っているような、ふしぎな囁き声も聞きつけた。

（なに？　もうすこしゆっくり話して）

きこえた声は音がくぐもっていて、耳鳴りに近い。

同じ言葉を繰り返している――そこまでは聴きとれるのだが。

音にばかり気を取られていれば、目の前の影が消えてしまう。大路の端にうずくまっていた影が、薄れていく。

「待って」

緋鳥は駆けだした。男の姿があったはずの場所へと急ぐが――。

たどり着くと、あるのは、大路の地面だけだった。

鳳凰京を南北に貫く大路の壁が、真っ黒な影を落としつつ、南の果ての羅城門へ向かってまっすぐに延びている。

（消えた？　それとも、気のせいだった？　なにかに化かされたかな）

怨霊、もののけの類なら、鳳凰京のそこかしこにいる。鳳凰京には大勢の人が暮らしていたが、「見えてしまう」緋鳥たちにとっては、さらに賑やかな都だった。

影があった場所につま先がふれるやいなや、耳の奥に音が響いた。

（声が、まだ残ってた――）

たった一粒、ぽつんと垂れた雨粒のようにすぐに消えたけれど、声はこういった。

『――助けて。食われる』

典薬寮がある白鳳宮は、閉門すると中には入れない。

たどりついた時には閉まっていたので、緋鳥は仕方なく白兎の邸へ向かった。

「いらっしゃい。ごはんにしようか。食べていくでしょ」

白兎は緋鳥の師匠だが、育ての親でもあった。運が悪く、親のもとでは暮らせなかった緋鳥を、白兎は引き取って自分の邸で育てたのだ。

「かやくごはんと、葱の羹があるよ。あと、わさび菜の漬物と」

ふるまわれた夕餉に遠慮なく手をのばして、かまどのそばで火にあたりながら、緋鳥は大路での出来事を話した。

「ねえ、どうしてわたしが矢を射られなくちゃいけなかったのかな」

壁に刺さった矢は、力ずくで引っこ抜いてもってきた。

刺さったままにしておいてもよかったが、相手のことがわかるかと、なんとなくもってきたのだ。

「わたしを殺そうと狙ったみたいに飛んできたんだよ。誰かに恨まれるようなことでもしたかなぁ?」

「なにをいってるの。緋鳥は生意気だよ。今朝も宮内卿につっかかってたでしょ」

白兎も、緋鳥に遠慮はなかった。笑いながら、ぐさぐさと胸に刺さるような鋭い小言を容赦なくいう。

「そうだねえ、呪禁師はたまに狙われるよ。なにしろ、化け物だと思われてるからね」

「――そうなの？」

「うん。呪禁師は持禁をするでしょ。あれがね、面白いみたいだよ」

持禁というのは、おのれの呼吸をもって結界を操る呪禁師の技だ。

とくに守りにすぐれていて、おのれを害そうとする火や刃を「禁」じて、動きをとめることができる。つまり、身構えていれば火や刃の害を防ぐことができた。

「呪禁師には刃が効かないとか、火の中でも平気だとか、妙な噂が一人歩きしてね、まことなのかとたしかめがてら、ちょっかいを出してくる奴も、まあ、いないこともない」

「――なにそれ、迷惑」

やはり、いるのだ。呪禁師をなんでも屋や、もののけの仲間と勘違いしている奴が。

「じゃあ、この矢を射た人も、わたしに矢が効くかどうかを試してみたかったのかな」

「いやいやいや」と妙な声が出た。

「こんなのに串刺しにされたら、さすがに死ぬでしょ。そこは人として、もしもの時のために手加減をしてくれないと――」

「かしてみて」

白兎にうながされるので、緋鳥は床に置きっぱなしだった矢を拾いあげて渡した。

矢を手にすると、白兎はしげしげと見つめた。

「へえ。衛士のものかな？　困ったね」

「――もうすこし心配してくれてもいいと思うなぁ。わたしはこれに殺されかけたんだけど？」

「だって、ちゃんと気をつけていればこんな矢くらい平気でしょ？　いい稽古だと思って、身構えておきなさい」

「稽古？　突然矢で狙われるのが？」

「そう。呪禁師になるんでしょう？　はい、気を抜かない。さあさあ、持禁持禁」

持禁は呪禁師の奥義で、できる者もかぎられる難しい技だ。

「さあさあ」と軽く振られるようなものでもなかった。

「働け働け、みたいな言い方をしないでよね。――師匠って、いつもにこにこ笑ってるけど、たまに鬼みたいなことをいうよね？」

「だって、私たちもふだんからやっていることだからね。昇進がかなって緋鳥が呪禁師として目立っていけば、これからも続いていくことだよ。緋鳥の技を試してみたいっていう連中も、そりゃ、増えるでしょ」

「呪禁師かぁ――」

呪禁師になるのは、緋鳥にとっても、幼いころからの憧れだった。

でも、まさか命を狙われる生業だとは――。

「呪禁師になるって、たいへんなんだねぇ」

抱えこんだ膝小僧に、頬を寝かせた。

夕餉が済んだばかりで、かまどはまだじんわりと温かい。

ぬくもりがほのかに伝わってくるのが心地がよくて、ついうとうととしてしまう。

こくりこくりと舟を漕ぐように緋鳥が揺れはじめると、白兎は小言をいった。

「緋鳥、寝るなら自分の小屋にいきなさい。ここで寝てもほうっておくからね」

「はぁい」

なんだかんだと、くたびれていた。

夜明け前から出仕して、早朝から働いて、あちこちへ出かけたのだ。

辻や、宝物殿や――。

そこまで思いだして、がばっと顔をあげる。こんなことをしている場合ではなかった。

「そうだ、師匠。たいへんなんだ」

「どうしたんだい、急に」

「あぁ、わたしってば――すっかり忘れてた。典薬寮で薬をたしかめようと思っていたのに」

矢を射られて頭がのぼせていたけれど、緋鳥は典薬寮へ向かっていたところだったのだ。

諸国から集まってきた薬種箱の中から、柴胡を探したかった。

記憶にあった生薬と同じかどうかをたしかめなければ——と。

「ねえ、師匠。たいへんなんだ」

「うん、きいてるよ」

「今日、宝物殿にいってきたんだけど、五種の毒薬のうちのひとつが、誰かに使われているかもしれない。竜葛（りゅうかつ）が別の薬にすり替わっていたんだ」

白兎は相変わらず。のんびりと笑っている。

「へえ、竜葛が」

「本当なんだよ。あれはたぶん柴胡（さいこ）だ。七束あった竜葛のうちの二束、重さでいうと三十五斤あったうちの十斤が、別の薬にすり替わってたんだ。たいへんだよ。あんな毒薬を、いったい誰が——」

「そっか。気づいちゃったか」

「はい？」

「そうなんだよね。宝物殿にある竜葛が、いつのまにか柴胡（さいこ）にすり替わってるんだ。困ったよね。どうしようかなぁと、私もしばらく考えてたんだけどね」

白兎はゆるりと笑ったまま。ぽつぽつといった。

「ほら、宝物殿の管理を任されてるのは、典薬寮（うち）だけじゃないでしょ。薬種にかぎっていえば、どちらかといえば中務省（ちゅうむしょう）の管轄でしょ？」

「——そうなの？」

「呪禁師(じゅごんじ)が薬種の見極めをするのはおまけみたいなものだよ。薬種の専門家じゃないからね。同業者で最高位といえば、内薬司(ないやくし)の侍医だ。私よりもずっと位が高いし、月料も多いんだ。うらやましいよね」

白兎は笑ったが、そういう世間話は、いまの緋鳥には相いれない。

「どういうこと？　内薬司の侍医――？」

舶来の薬はたいへん貴重だからと、所属が異なる専門職がそれぞれ検(あらた)めをになうのだ。そのひとつ、内薬司は中務省に属していて、中務省そのものが地位の高い役所だった。

「侍医は、竜葛のことはとくになにもいわないんだ。だから、私が勘違いをしたのかなって、思っていたんだよね。だって、侍医は私よりも地位が上だし、薬の専門家だ。見立てを間違うなんてありえないからね。でも、もしかしたら、あちらさんも気づいているけれど、理由があって黙っているのかな――とも思うよね。どうすべきなのかなあと、考え中だったんだ」

「……なにそれ。様子の見合い？」

「まあね。大人だから、気長にね。でも、緋鳥も気づいたんだね。へんだなあと思っていたから、よかったよ。これで、私の見立てに賛同する人が一人見つかったわけだ」

「えっ、気づくでしょう。どう考えても……」

手に取れば一目瞭然(いちもくりょうぜん)だったし、匂いを嗅(か)げば、疑いは確信にかわった。

竜葛は有無をいわさず人を害する強欲な悪人のような薬だが、すり替わっていた柴胡(さいこ)

のほうは、明るすぎる善人の気配がある薬なのだから。

「うん」と、白兎はうなずいた。

「毒物にためらいなく触るのは呪禁師くらいだし、薬の力をじかに感じ取って見分けるから、ほかの皆さんとくらべるとちょっと癖があるからね。でも、昆もなにもいわなかったんだ」

昆というのは、兄弟子の名だ。呪禁師の名門、嶺吏(れいり)氏の跡取り息子で、緋鳥よりも一年先に呪禁生(じゅごんしょう)として入寮し、そのぶん早く見極めの試験を受けている。

昨年、緋鳥と同じように、昆も宝物殿に出かけていた。

呪禁師や呪禁生には技や知識の得意不得意があって、昆の得意は医生(いしょう)や按摩生(あんましょう)の真似事だった。

昆は、薬種についても詳しい兄弟子だったのだ。

「昆が気づかないわけがないよ。だって――」

「そうなんだよ。だから、ふしぎなんだ。昆も気づかなかったのか、そもそも気づく必要がなくて、あそこにある竜葛がすべて本物だったにもかかわらず私が間違えたのか、それとも――」

白兎は、ふふっと笑った。

「昆も気づいたけれど、なにか理由があって黙っていたのか――どれだろうね？」

鳳凰京の朝の名物、八千人の大移動のはじまりとなる鼓を叩かせるのは、陰陽寮に属する漏刻博士だ。時をつかさどり、報じるのがその役目。

都に朝を告げる〈時の音〉を合図に、白鳳宮の門がひらかれる。

緋鳥はそれを待ちかまえて、一番に門をくぐって官衙へ。典薬寮へ駆けこんだ。

すぐに、兄弟子の嶺吏昆がやってくる。

「どうしたの、緋鳥。いつも遅いのに――」

その兄弟子はいつも一番に出仕する。

内緒の話をするならいまだと、緋鳥は思ったのだ。

「昆に会いたかったからだよ。二人っきりで」

「おれに？」と、昆はふしぎそうにしていたが、すぐに悲鳴にかわる。

緋鳥に胸倉をつかまれたからだ。

「ねえ。去年、宝物殿にいったよね。竜葛が柴胡にすり替わってたんだけど、気づいてた？」

「なにを――竜葛？」

昆ははじめ怒ったが、慌てはじめた。

「なんのことだよ、そんなもの、し、知ら――」

「芝居がへたくそだ。知ってたでしょ！」

「昨日、宝物殿に出かけたら、竜葛が十斤もなくなってたんだ」

「えっ？　そんなに？　そんなには減ってなかっ――」

昆が、さっと目をそらす。

それを見るなり、昆の胸倉をつかんだ緋鳥の手に力がこもった。

「やっぱり、気づいてたね？　気づいてたのに黙ってたんだ！」

「わかったから、その喧嘩っ早いくせをどうにかしろよ！　昨日だって助けてやったのに。もうちょっと先達を敬えっていうか――」

「な、なんのことだか」

昆はひとつ年上で、年が近い分、気心が知れた仲だ。

宮内卿に無礼をした緋鳥のために、追いかけて謝ってくれたのも昆だった。

感謝はしている。でも、それはそれ、これはこれだ。

「それは、ありがとう。とても嬉しかった。ただ、昨日は昨日、今日は今日だ」

昆も去年、宝物殿にうかがって、緋鳥と同じように薬の検めをおこなっている。

でも、報告用の木簡には「異常なし」としか書かなかった。

詰めよると、昆は渋々こたえた。

「だって、誰もそんなことをいってないじゃないかよ。白兎師匠も、医師も、内薬司の侍医も。おれはいま新米呪禁師だけど、去年なんて、呪禁師にもなれていない見習いの呪禁生だよ。妙だなとは思ったけど、おれの勘違いかと思うだろ？」

「それこそ、正しいかどうかを上に判断してもらうべきじゃないの。気づいたのに知らせないのは――」

「――脅されたんだよ」

「脅された？　誰に」

「誰にって、それは、その……とにかく、首をつっこんだら典薬寮にいられなくなるぞって、宝物殿からの帰りぎわに口止めされたんだ。――呪禁師になれないと、おれは困るんだよ」

「そんなの、誰だって困るよ。わたしだって――」

「おまえよりもおれのほうが切実だ。うちは呪禁師一門だから」

呪禁師はほぼ世襲制で、呪禁生として典薬寮に入寮できるのも、三代以上続く名門の子息が優先された。昆の生家、嶺吏氏も、代々続く呪禁師の名門だった。

「考試（こうし）に落ち続けたら退寮っていうきまりがあるうえに、呪禁師に昇進できるかどうかの見極めは三年に一度。しくじったら、考試ははじめからやり直し。二度目でもしくじったら、呪禁師にはなれないんだ。おれが職無しになるだけじゃなくて、嶺吏氏が呪禁師の名門じゃいられなくなるんだよ。妙なことをして波風をたてるわけにはいかないだろ？」

「だからって――」

「じゃあ、おまえがやれよ。妙だと思ったなら、信念をつらぬいてみろ」

昆は怒った。

「だいたい、竜葛が柴胡にすり替わってるだなんて、噂すらないじゃないか。おれとおまえが間違えてるだけかもしれないだろ？」

「そんなわけはないよ。わたしたちが気づくんだ。上だって――」

白兎師匠も――そういいかけたが、口をつぐむ。

昆は、白兎が気づいていると知らないはずだ。

「でも、減ってたのは竜葛で、強い毒薬だよ。誰かが使ってたら人が死ぬかもしれないんだよ？」

昆は迷惑そうに眉をひそめた。

「誰かが毒薬を盛られてるってこと？　おれ、そういう野蛮な話にかかわりたくないんだけど」

家がさ――とぶつぶついう昆に、今度こそ緋鳥は怒った。

「なんのための呪禁師だよ。そういうのをどうにかするのが呪禁師なんじゃないの？」

緋鳥は、図書寮へ向かった。

鳳凰京中の本が収蔵されている場所で、調べたかったのは『薬術』という本だ。

もろもろの薬に関する知識と、薬草の栽培法が記されている。

こうある。

【竜葛】

呼吸麻痺、眩暈、嘔吐、腹痛、下痢、惰眠、痙攣。

『腸絞め竜の根』とも称される。

ほかにも――と、緋鳥は記憶をたどった。

（竜葛は強い毒だ。だから、恐ろしい病には、薬としても使われる）

鳳凰京では時おり、疱瘡という病がはやった。

高い熱が出て、身体中に小さな水ぶくれができ、数日で死んでしまう恐ろしい病だ。

「強い病に克つには強い薬が効く」という噂がたって、不治の病を追い払おうと毒を求める人がいる――という話をきいたことがあった。

（あとは、もののけ退治にも）

理由がわからない病は怨霊のしわざだと考える人は、後を絶たない。

身体の中にいる怨霊を追い払うためにみずから毒を飲んだ、という話はよく耳にした。

恐ろしい病や怨霊を遠ざけたいあまり、竜葛や鳥兜のような毒をほしがる人は、いることにはいるのだ。

（毒薬としてじゃなくて、薬として使われたのかな。どうしても助けたい人がいて、それができる立場にあったら――身分が高い人なら、法をおかしてでも無茶をするだろう）

薬をおもに扱うのは典薬寮だが、典薬寮の人でなければ薬を処方できないということもなかった。

帝や帝に近しい方々を診るのは内薬司という役所で、白鳳宮には、託宣をつかさどる陰陽寮という役所もある。陰陽寮にいる陰陽師が、占いの結果として薬を処方することも時たまあったし、異国帰りの僧が薬をもらいにくることもあった。

（記録が残っていないということは、無断で持ちだしたのだろうけど）

薬として使われたなら、まだいい。どうなろうが飲みたがった人の勝手だ。

でも、毒薬として使われたとしたら――。

（最近、妙な死に方をしてる人はいないかな）

考えてみて、緋鳥は唸った。思い当たる人が多すぎた。

鳳凰京ではいま、権力争いの真っただ中だ。

帝と大后とのあいだには娘が一人いて、十七歳になり、つぎの帝、つまり、皇太子となる「立太子の儀」がまもなくおこなわれるという噂だ。

聡明な内親王で、祖母にあたる方もかつては女帝として国を治めたが、その方のようになられるのではと、皇太子になる日が待ち望まれている。

しかし、帝には、ほかの妃とのあいだにも男の皇子がいた。しかも、その母親となった妃は萩峰氏という、鳳凰京で大きな力をふるう豪族から帝に嫁いでいた。

萩峰氏は、どうにかしてその皇子を皇太子にしたがっている。

しかも、いまにもそれをやりとげそうなほど、日に日に力を増している。

海を隔てた先にある大陸の強国では、帝になる者は男子なのだという。わが国でもそれに倣ったほうが強い国と認められましょう、つぎの皇太子には男御子を据えましょうと、萩峰氏は帝に進言しつつ、まぁそういうのは建前で、つまりは権力が欲しいのですがねとばかりに、あからさまな嫌がらせをしているとか。

おかげで、鳳凰京の貴族は真っ二つに分かれていた。

絶大な権力をふるう萩峰氏派か、萩峰氏の躍進を煙たがる古くからの皇族派か。

いまの右大臣と、左大臣の争いだ。

妙な死に方をしている貴族も多かった。たぶん、暗殺されたのだ。

（その人たちがみんな竜葛で殺されたってこともあるかも――嘘でしょ？）

考えているうちに、退朝鼓が鳴る。宝物殿へいく時間だ。

（あ。もういかないと――）

昨日とはうってかわって、ため息をつきながら典薬寮を出る。官衙を抜けて朱雀門をくぐり、宝物殿をめざして大路を歩く足どりも重く、憂鬱だった。

（薬の確認は、残すところあと三十種。薬の確認だけなら、どうってことがないんだけどなぁ）

問題は、その後だ。

竜葛の一部が別の薬にすり替えられていたことを、どう報告するか。

宝物殿にたどりついてからも、そればかりを考えながらお役目を進めた。

残りの三十種の薬に問題はなかった。

薬の在庫は、昨日までの出し入れにともなって記された記録とぴったり合っている。おかしなことになっていたのは、毒薬の竜葛だけだった。

宝物殿の管理をつとめる役人の監視のもと、『万薬帳』に記されたすべての薬の確認を終えたのは、真昼を過ぎた後だった。

広げていた本をまるめて帰り支度をしたが、手際がよかったようで、役人は驚いた。

「もうお帰りですか。こたびの呪禁師どのはかなりの手練ですね。こんなに若い娘さんなのに」

「慣れているので。あ、かといっていいかげんにやったわけじゃありませんよ。こういうと偉そうですが、手際のよさならよく褒められるんです」

学問も呪術も緋鳥は筋がいいほうで、学生とはいえ典薬寮でも一目置かれていた。使部あがりで、薬草については薬園生になれるだけの知識もあった。

(だから、見極めも難なく終わらせる自信があったんだけどなぁ――はあ)

「では――」と挨拶をすると、役人は首をかしげた。

「浮かない顔ですな。昨日はなんといいますか、楽しそうにされていたのに」

そうだった――。この役人には、最恐の毒薬の鴆毒を至高の男前になぞらえてにまにましていたところを、見られてしまったのだ。

「――忘れてください」

「それで、いかがでした。なにもなければ、そのように左大臣へお伝えいたしますが」

宝物殿の最高管理者は、左大臣だ。

皇族から臣籍にくだった男で、いまでも暁王と「王」の名で呼ばれる。

左大臣は、いまの鳳凰京では帝についで高い地位で、右大臣として帝に仕える萩峰氏と争っているのも、その男だった。

「問題ですか。あるといえばあるし、ないといえばないというか――。気になることがあったので、典薬寮へ戻ってからあらためてお知らせにあがります」

「気になることが？」

役人が笑った。呪詛でも吐くような、気味の悪い笑い方だった。

「そうですか。先日、同じように検めにいらっしゃった内薬司の侍医さまは、なにも妙なところはないとおっしゃいましたがねえ。――そうそう。噂をひとつ。余計なことに首をつっこむと、よくないことが起きるようですよ。とくに、お若い方には。下級の役人など、一人いなくなろうが二人いなくなろうが、代わりはどれだけでもおりますしね」

役人はぶきみな笑みを浮かべている。

「役を解かれるどころか、突然都から、いえ、この世から消えてしまっても、噂話になることすらなく忘れ去られましょう。なにを気にしておられるのか存じませんが、よくお考えを」

その男を、緋鳥はきつく睨んだ。

兄弟子の昆の顔が、目の裏に浮かんだ。

宝物殿へ薬種の検めに赴いた時、帰りぎわに脅されたと話していたが――。

（こいつか）

おそらく、宝物殿の役人は竜葛のことをいっていた。

そのうえで「他言無用」と脅したのだ。さもなくば役を解かれるぞ、と。

役を解くどころか、緋鳥は役にもまだ就いていない学生だ。昇進を邪魔するなど、役を解くよりも簡単だろう。

（だから、昆はなにもいえなかったんだな。ひどい）

家のためにと、懸命に励んでいる男だ。緋鳥もそうだが、足元を見られたのだ。

（でも、あの役人だって、誰かに命じられてるよね。あんな脅し文句をわがもの顔でいえるような位じゃないし）

内薬司の侍医の名を出していたが、その人もからんでいるのだろうか？

（でも、侍医？）

内薬司は、典薬寮と同じく薬にかかわる役所だ。

行き来もそれなりにあったので、緋鳥にも何人か知り合いがいた。

（侍医のほうも昆みたいに脅されたのかな？　侍医を脅すなら、侍医よりも位が高い奴になるけど……）

内薬司の侍医は、鳳凰京で薬にかかわる者の中ではかなり位が高い。

文句をいえる者は、すくなくとも典薬寮にはいない。

（それより、どうして口止めをしたいんだろう？　宝物殿の最高管理者は左大臣で、報告にあがる相手もその人だ。左大臣に、竜葛のことを知られたくないから？）

典薬寮へ戻ると、いつもより人が多かった。

噂をすればなんとやらで、内薬司の侍医が訪れていたのだ。

品切れになった薬を借りにきたようだ。

「助かるよ、白兎どの。この借りは必ず返す」

「困った時はお互いさまですよ。でも、来月までには戻してくださいね。今月分の帳簿はごまかしておきますから」

やってきた侍医は、年が四十くらいで、眼光の鋭い男だった。

白兎と親しくて、典薬寮を時たま訪れる。

白兎が薬の管理に厳格ではなかったからだ。

白兎は、「悪いことやいたずらも表向きには叱るけど、一度も悪さをしてこなかった奴なんていないでしょ？」という考え方なのだ。

「人を助けたい時は大いに助ければよい、というのが信条ですから。多少の悪事も、人を助けるためであれば、よい悪事となる時もありましょう」

（師匠が宝物殿の竜葛のことを知らせずにいたのは、この人に気を遣っていたから？）

とはいえ、白兎は誰が相手でもこの調子だ。いろいろとわかりづらい人なのだ。

「いやあ、きみは頭がやわらかくて助かる」

帰りぎわに、侍医は、うらやましそうに白兎をじろじろと見た。

「それにしても、白兎どのはいつ見ても若々しいな。いったいどうなってるんだ」

白兎はいつもの決まり文句でかわした。

「童顔なもので」

白兎は、呪禁博士という位に就いているわりには若々しい見た目をしている。

「ねえ、師匠って何歳なの？」と、緋鳥も訊いたことがあったけれど、「大人に年をきくもんじゃないよ」とはぐらかされるので、いまだに実の年は知らない。

詮索するのもあきらめたが、白兎と似た位階に就く者たちが四十、五十をこえる中で、白兎は二十代の青年に見えた。緋鳥が白兎に出会ったのは七つの時だが、いまとそう変わらない見た目だった気がするのだが。

「呪禁師が励む道呪は不老不死の仙人をめざす技ときいたが、それでかな？」

「そうかもしれませんね」

「そのように若々しくいられるのであれば、私もぜひ学びたいよ。——では」

侍医が典薬寮から出てくるのを、緋鳥は外で待ち受けた。

「あの」

もしも白兎がひそかに庇（かば）おうとしているなら、この侍医も、宝物殿から毒が消えたことを気にかけているかもしれない。

「ああ、白兎どののところのお嬢ちゃんか」

（――訊いてみよう）

緋鳥も、その侍医とは顔見知りだ。

緋鳥が白兎の養い子であることも、みんなが知っていることだった。

「うかがいたいことがあるのです。宝物殿の薬種の検めについてなのですが」

「あぁ――」

侍医は、片目を細めた。

緋鳥も、眉（まゆ）をひそめた。

（なんか――いやな顔……）

つい身構えて、尋ねる言葉を選びはじめた。

できるだけ淡々と、事実だけを――。よけいなことはいうまい――。

「じつは、宝物殿の薬種検めに出向いたのですが、気になることがあって――。でも、内薬司（ないやくし）の侍医がごらんになった時にはなにもなかったと、見守りの役人からいわれたのです」

尋ねるとしたら、まずはこれだ。

「内薬司では、どなたが薬種の検めをされたのでしょうか」

まずは、問いつめる相手を探さなければいけない。

この男はかかわっていないかもしれないのだから。

（いま、いやな顔だと思ったのが気のせいならいい——）

願いもむなしく、侍医はうなずいた。

「それなら、私だが」

「では、おうかがいします。竜葛という舶来の毒についてなのですが、奇妙にお感じになった覚えはございませんでしたか」

仕方ない。乗りかかった舟だ。渋々と続きを尋ねると、侍医は笑った。

顔のあちこちがゆがむような、ぶきみな笑みだった。

「竜葛？　なんのことだろう」

侍医はろくに答えなかった。でも、顔がお喋りだ。

『ああ、そのことか。知っているとも。だが、なにも話さんよ。そのほうが得なのでね』

と、顔に書いてある——と緋鳥は思って、渋面になった。

「あの——」

「きみがなにをいっているのかよくわからぬが、見守りの役人はきみの無知をたしなめたわけだろう？　それに、きみはまだ呪禁生という立場だろう？　しょせんは見習いなのだから、周りのいうことをよくきいておいたほうが身のためだと思うぞ？」

侍医は、緋鳥を脅した宝物殿の役人とほとんど同じことをいった。

いったくせに——。

「では、失礼」

侍医が、衣の裾をひるがえして内薬司の建物へと戻っていく。

「侍医さま、お気をつけて」と、外に出ていた典薬寮の役人から見送られながら、うしろ姿も小さくなっていった。

それを、緋鳥はしかめっ面をして見送った。

(顔では、しっかり脅したくせに——)

核心を喋らなければいい、というものでもないだろうに——。

睨みつけるように突っ立っていると、ぽんと手のひらが肩に乗る。

いつのまにか、そばに白兎が立っていた。

「真正面からいったね。——気をつけなさい」

「気をつけるって、なにをよ」

緋鳥は、むっと顔をしかめた。

白兎は苦笑して、緋鳥を見下ろした。

「目をつけられると困るよ」

「目をつけられるって？　あの人が師匠よりも偉いから？　偉い人の機嫌を損ねちゃいけないってこと？　官人だから？　正しくなくても、偉い人のいうことをきかなくちゃいけないってこと？」

「違う違う。私がいっているのは、そういうことじゃないよ」

白兎は笑って、ぽんぽんと緋鳥の肩を軽くたたいてみせた。

「私だったらうまくあしらえても、緋鳥にはそうできないものがあるから、気をつけなさいといったんだ。とくに緋鳥は、見極めの真っ最中でしょ。まずは目の前のことをやったほうがいいんじゃないかな？」

「あ、見極め——」

しまった——。うっかりして、頭から抜け落ちていた。

呪禁師（じゅごんじ）になるための見極めは、まだ八日目だ。あと六日も残っている。

「今日は朝からぼんやりしていたね。典薬寮を抜けだして図書寮（ずしょりょう）にも出かけたでしょ？　それじゃ、私も『良』とはつけられないよ」

「それは……すみませんでした」

返す言葉がなかった。呪禁生のままの気分でつい抜けだしてしまったが、ふつう、人はそれを「さぼる」と呼ぶ。

「いい？　竜葛（りゅうかつ）のことは、一度忘れなさい」

「忘れる？　でも——」

「では、緋鳥。きみはいま、呪禁師代理として働いているわけでしょ？　いまやるべきことはなにかな？」

「え……」

「呪禁師の仕事とはなんだろうか？　七日も客の番をまかせたでしょ。そのあいだに、なにか気づかなかったかな？」

白兎は笑い、「きなさい」と建物の中に入った。

呪禁師代理として働きはじめてから、緋鳥の居場所は典薬寮にはいってすぐの場所だった。誰かが仕事の依頼をしにきたらまず声をかけられる場所で、依頼の木簡の片づけをするのも、緋鳥が任された。

典薬寮へは、さまざまな依頼が届く。ひととおりが済めば、依頼の木簡は結果がどうだったかと報告するための木箱へと移される。

でも、つぎの木箱へ移ることもなく、しばらく放っておかれる木簡もあった。人手が足りなくてすぐに取りかかれなかったり、手がけたものの終わらせるのが難しかったりする依頼も、中にはあったからだ。

「いいかな、緋鳥。すでに学んでいると思うけれど、典薬寮は、鳳凰京にいるすべての人を健やかに守るためにある。そこで問題だよ。難しい依頼一件と簡単な依頼十件を、もしも同じ時間をかけて片づけられるとしたら、助けられる人の数はどれだけ違うかな？」

「それは――」

白兎がいわんとすることは、よくわかった。

客の番をとおして学ぶべきことがあったとも、ようやく気づいた。

それなのに、白兎の意図に気づくどころか、いつもやっていることでつまらない、飽きた——と、緋鳥は過ごしていたのだ。

「依頼の内容を見て、どの呪禁師になにを任せて、どれだけ多くの人をできるだけ急いで助けるにはどうすればいいかって考えるのも、呪禁師になるなら必要だと、私は思うんだよ。——といってもこれは、緋鳥にしっかり伝えていなかった私が悪いね」

白兎は明るい言い方をつらぬいて、「ごめんね」と苦笑した。

「宝物殿の件はもういいよ。この後は私が引き受ける。報告も私がやっておく」

「でも——」

食らいつくように顔をあげた緋鳥に、白兎は微笑でこたえた。

「宝物殿で起きていることに気づくかどうかと、私がひそかに課した試験に受かっただけだよ。薬種見極めの腕は『良』と評価する」

「え?」

「いい方法だと思ったものの、緋鳥には荷が重すぎることをさせてしまったんだ。これは、私の過ち。もうしわけなかった。だから、毒のことはひとまず忘れて、いまは見極めに専念しなさい。いいね?」

つまり、こういうことだ。

宝物殿で竜葛が別の薬にすり替わっていたのを、白兎はもとから知っていた。

そのうえで、試験の項目に使ったのだ。薬術に詳しく、気づくはずと見込んだ昆が知らんぷりをしたのをふしぎがっていたが――。

でもそれは、白兎がいう「難しい依頼」だった。

宝物殿がかかわれば、中務省という別の役所や、最高管理者の左大臣までがかかわってくる。見習いが事実に気づいたところで、呪禁師としての実力とは別の部分――白兎がいうところの処世術が必要になってくるのだから。

白兎がいっていることはよくわかった。でも、気持ちがついていかなかった。

力不足だから手をひけ、といわれたようなものだ。それは変わらないのだ。

「は、い……」

仕方なく、というふうに返事をした時だ。

典薬寮にやってきた人がいた。

「すみません、病を診てほしいのです」

下級役人の身なりをしていて、典薬寮という役所へ足を踏み入れてよいものかとばかりに、頭を深くさげつつ入ってくる。

「腕のよい呪禁師さまがいるときいたのです。昨日、辻で倒れていた男を手の光で治してしまわれたと――」

昨日、辻で、倒れていた男を、手の光で――。

心当たりがあったものの、緋鳥はぽかんとして、首を横に振った。

「腕のよい呪禁師って――たまたまです。わたしはまだ呪禁生で……」

緋鳥の小声をさえぎるように、白兎はやってきた男を出迎えて、緋鳥の肩に手を置いた。

「それなら、この子ですね。この子は病気平癒の祓いが得意なんです」

男は緋鳥に向き直ると、姿勢を正して深く頭をさげた。

「この娘さんが――。じつは、友人を診てもらいたいのです。昨日から熱がさがらなくて、水も口に入れられなくなってしまって。うわごとのように同じことをくりかえしているので、怨霊に憑かれたせいかもと――」

「なるほど、それはたいへんだ。――ところで、典薬寮に依頼をするには木簡がいるのですが。見たところ、お持ちではなさそうですね」

男は手ぶらだった。白兎からいわれると、男は「そうなのですか」と、からっぽの手を残念そうに見下ろした。

「すみません。知らなくて……貴族さまでなくても頼むことができるときいたので、つい――」

鳳凰京で典薬寮になにかを依頼するには、記録用の木簡が要る。それは、きまりだ。でも、下級役人や庶民はとくに、おのれを取り巻くきまりしか知らないのが普通だった。

白兎はにこりと笑って、筆記机のそばにつみあがっていた木簡と筆を手にとった。

「ええ、そのとおり。では、私が代筆しましょう」

「本当ですか」

ぱっと目を輝かせる男に白兎はうなずいて、「場所は」「病はどんなふうですか」「どんな方ですか」とひととおり聴きとって、さらさらと木の面に筆を走らせた。

「なるほど。——ここには多くの依頼が集まるので順番待ちになることも多いのですが、ちょうどいまは呪禁師が増えていて、すぐにいけそうですよ」

字を書き終えると、白兎はそのまま緋鳥へと木簡をさしだした。

「はい、緋鳥。つぎの仕事だよ」

木簡には、こんなことが書いてあった。

『西市場、八条大路辻の近くに怨霊に憑かれた人あり。急ぎ確認せよ』

そろそろと手をのばしながら、緋鳥は苦笑した。

——これなら、できる。

さっき白兎がいった「簡単な依頼」の類だ。

どう息巻いたところで緋鳥は、昇進への見極めまっただなかの、新米にもなれていない呪禁師見習い、呪禁生。

難しい依頼は白兎や先達に任せて、まずは自信をもってできる仕事から。

それが、布に水が染みゆくように、心にゆっくり沁みていった。

「それにしても、すぐに腕が認められるなんて、たいしたものだね。それで、緋鳥。私はいかなくてもいいよね？」

「うん？」

「病気平癒は得意でしょ？　一人で任せても大丈夫だよね。頼んだよ」

前に出かけた時は、白兎と一緒だった。

緋鳥が見立てを誤ってもどうにかできるように、白兎がついてきてくれたのだった。

じっと見下ろしてくる白兎の両目は、こういっていた。

――緋鳥の腕を信じたよ？

――一歩ずつ、一歩ずつ。急がなくていいから、腕を磨いていきなさい。

緋鳥の顔に、むずむずと笑みが浮かんだ。

「はい、いってきます」

これが、いまやるべきことだ。

呪禁師がすべきなのは人を救うことで、厄介な謎を解くことではないのだから。


一日が過ぎるごとに細くなっていく月を見あげ続けて、六日後。

緋鳥にとっては長い長い半月が終わり、月の出ない朔の日がやってきた。

緋鳥が呪禁師になるための、見極めの終わりの日だ。

「やっと、終わった――」

見極めのための考課の内容はふたつ。

ひとつは、出仕の日数だ。

官人のお勤めのはじまりは、都に朝を告げる守辰丁の鼓が鳴らされる早朝。さだめられた刻限までに持ち場につかなければ、遅刻となる。

休みも学生以上に厳しくさだめられていて、呪禁師であれば休みは六日に一度だ。

官人になった後も、遅刻や欠勤が多ければ格下げなどの処分を受けるが、昇格の見極めのあいだとなれば、遅刻もずる休みも厳禁。

というより、出仕の日数が足りなければ、見極めそのものをしてもらえない。即落第だ。

半月のあいだの緋鳥のふるまいを書き留めた木簡を並べつつ、白兎はにこりと笑った。

「出仕については問題なし。がんばったね」

「よかった――」

「つぎに、お勤めの内容だが――やや態度が悪かったが、後半はよくがんばったね。及第だ」

一番気にしていたところが、そこだった。

官人らしからぬ素行の悪さを叱られたことは多々あったが、どうにか踏みとどまった。試験のあいだだけでもおとなしく、と心がけたせいもあったけれど、「いまやるべきこと」をやり続けていれば、おのずとまじめに暮らせるものだ。

「よかった――」

「おめでとう。では、呪禁師になる挨拶(あいさつ)をしにいこうか。鳳凰(ほうおう)のもとへいこう」

とうとう、その時がきた。

──鳳凰京というのは、大きな火の鳥が守る都なんだよ。

──鳳凰といって、その霊獣のお世話をする人を、呪禁師というんだ。

幼いころにそうきいて、緋鳥が一番楽しみにしていた呪禁師の仕事だった。


その霊獣は、南にいる。

鳳凰京の南にそびえる天鳥山(あまのとりやま)の頂に祭壇があって、月の出ない朔の晩になると、その霊獣の世話役をになう呪禁師が捧(ささ)げものを届けにいくのだ。

たそがれ時を待って、白兎は緋鳥をつれて典薬寮を出た。

鳳凰京の南門にあたる羅城門をくぐり、野道をいき、天鳥山を登る。

さほど高くない山なので、ゆっくり登っても、天を茜色(あかねいろ)に染めていく夕焼けよりも先に頂に着いた。

暗くなりはじめた空には、星の白い明かりがひとつ、ふたつとまたたきはじめていた。

山の上から振り返ると、鳳凰京が見下ろせる。

天鳥山は、「京見の小山」とも呼ばれる国見の丘だった。

「わあ──いい眺め」

盆地に築かれた鳳凰京は、山々の手のひらにそうっとすくいあげられた豪華絢爛な宝のようだった。

鳳凰京の中でも、帝が暮らし、大勢の役人が勤める官衙のある白鳳宮は柱や扉が朱に塗られているが、夕時のいまは都すべてに同じ色が塗られたように、真っ赤な光に包まれている。

「いい夕焼けだね。こんな日は、きっとくるよ」

白兎も同じ夕景を見下ろして、笑った。

鳳凰京の四方には、都を守る霊獣が棲んでいるのだという。

霊獣の世話は神祇官の役目だが、天鳥山に祭壇をもつ霊獣の世話だけは、呪禁師がうけおっていた。

その霊獣が炎をまとっていて、呪禁師以外は近づけないからだ。

霊獣の名は「鳳凰」という。鳳凰京の南方を守護する聖なる獣だ。

鳳凰というのは、海を渡った先にある大陸にすむ五色の瑞鳥のことだ。

朱雀という神獣や、彼方の国には不死鳥という炎の鳥もいるそうだが、鳳凰京を守護する「鳳凰」はそのどれでもなかった。いくつもの霊獣、神獣の姿をあわせもっているふしぎな鳥なのだとか。

名前がわからないので、その霊獣が守る鳳凰京の名から「鳳凰」と呼んでいるそうだ。

天鳥山の頂に設けられた石の祭壇に、運んできた笹の葉や果実を並べ終わったところだった。

「——きたね。熱い？　緋鳥なら大丈夫だよね」

「すこし離れようか」と腕をひかれるので、緋鳥も祭壇から離れた。

白兎は、南の空から滑るようにやってくるなにかを目で追っていた。

でも、緋鳥の目にはなにも見えない。夕闇に染まって赤黒くなっていく山の端が、彼方に見えているだけだ。

ただ、熱かった。見えない焚火が目の前に近づいてくるようで、熱を帯びた風が山の頂に吹きはじめていた。

「緋鳥、持禁を」

うながされて、気合いをいれる。

普通の人だったら「熱い」と逃げだすほど、山頂は熱くなっていた。まるで火の山にいるようだ。

でも、緋鳥はけろりとしていた。火や刃の害を防ぐことができる持禁という技は、緋鳥の大の得意だったのだ。

「大丈夫みたいだね。では、呪禁師の〈目〉をあげよう」

「〈目〉？」

「呪禁師に必要な力だけど、ちょっと難しいんだ。緋鳥はまだこの〈目〉の使い方を知らないみたいだから、いまだけ貸してあげるんだ。浄眼とも呼ばれるものだよ」

白兎の大きな手のひらが、緋鳥の両目を包むように添えられる。

「この者に――」と、小声もきこえはじめた。

浄眼という〈目〉を与えるための呪言だろうか。

知らない詞だったが、白兎の口から発せられた言葉が熱風に乗って、緋鳥の周りで渦を巻くごとに、まぶたから目の奥、血潮をとおって、肩や腕、胸、指先まで、ぬるくてちかちかと瞬くようなふしぎな力が染みていく。

目だけではなく、頭や肩、胴や、足の先まで、白兎の声で身体中が浸されていくような、奇妙な感覚。

手が離れて、「目をあけていいよ」といわれた後に見えた世界は、もう違っていた。

なにより、目の前に真っ赤な霊獣が見えていた。真正面にあった石祭壇の向こう――さっきまでは虚空に見えていた場所に、巨大な火の鳥の姿があった。

「あっ」

後ずさりをした緋鳥の背中を、白兎が支えた。

「しずかに。見えたみたいだね。心を強く。食われると思ったら、食われるよ」

――食われる。

不穏な言葉のとおり、真正面に降り立った鳳凰の姿は、恐ろしかった。

巨大な鳥で、身の丈は門の楼閣くらいはあろうか。

翼はたたまれていたけれど、両翼を広げれば家の端から端まではありそうだ。

翼や胴はもちろん、細い首の上に載った頭の部分も、緋鳥の顔よりもずっと大きかった。首は蛇のように長く、身体には龍の鱗のような模様をもち、羽毛は五采。尾羽には魚の鱗の模様をもち、陸と海の生き物の身体をあわせもって天を舞う、炎の霊獣だ。呪禁師のあいだでは「火の鳥」とも呼ばれて、その呼び名のとおりに翼も額も首も尾も燃え盛って、ごうごうと音を立てている。

鳳凰は、じっと緋鳥を見ていた。「何者か」と炎をまとった瞳に脅されるようで、身構えていないと、その目に貫かれて魂をもっていかれそうだった。

――大丈夫。わたしはあなたに害を為さない。

深呼吸をくりかえしていると、隣で白兎がうなずいた。

「その調子。いまじゃなくても、ここで怖がるような奴は、いつかどこかで魔物に食われるからね」

鳳凰は、祭壇の奥でじっとしていた。

祭壇の上には笹や果物が並んでいる。

たそがれ時に山を登って霊獣へ捧げものを届けるという役目は、果たしたのだ。

山をおりることになった。

「いこうか」

「もう帰るの？」

「だって、誰かにじっと見られながら食事をするのは、私も気がひけるよ」

「食事？　捧げものって鳳凰のごはんなの？　その、鳳凰は笹や果実を食べるの？」

「どうだろうね。わからないけど、気持ちだよ。大陸の鳳凰と好みが同じなら、好物は竹の実っていう話だから」

「竹の実？」

それこそ、きいたことがなかった。

「竹にも実が生るの？」

「ああ。とても貴重なものだよ。竹の花が咲くのも百年に一度くらいだからね。実のほうもなかなか手に入らなくて、しょっちゅう捧げられるものではないから、笹の葉と果実を届けることにしているんだよ。──もういいかい？　帰ろう」

鳳凰のそばから動こうとしない緋鳥に微笑みつつ、白兎は緋鳥の背中を押して山道へ向かった。

「でも──」

緋鳥は何度も振り返った。

鳳凰が身にまとう炎は、竈や焚火で燃える火とはすこし違っていて、水でいえば、ほとほと湧きでる泉や、さらさらと流れる清流のような、ふしぎとやわらかくて清らかな炎なのだ。

（なんて、気持ちのいい炎なんだろう──）

きた道を戻るころには、空に夜の闇がまじっていた。

大地には天より先に夜がきていて、真っ黒に見えている。

坂道をくだりながら見下ろした鳳凰京はすっかり暗くなって、羅城門や朱雀門のあたりに、衛士が手にした火明かりが揺れはじめていた。

でも、光って見えるのは松明の明かりだけではなかった。地面に星が降ったように、青白い光がぽつぽつ浮かびあがっている——緋鳥の目には、そんなふうに見えた。

夜の鳳凰京には、炎の明かりとも違う奇妙な光がいくつも宿っていた。

それに、地面に浮かびあがる光は、どういうわけか青白い。

「師匠、目がへんだ。都が光って見える」

緋鳥が目をこすりはじめると、先を歩く白兎が顔を覗きこんでくる。

「〈目〉の力だよ」

「〈目〉って、さっきの……鳳凰のお姿を見るためのものじゃなかったんだ」

「呪禁師がおこなうのは鳳凰のお世話だけじゃないでしょ？　いろいろなことに使う〈目〉だから、なるべく早く自分の身に宿してね」

「身に宿す？」

見えなかったものが見えるようになる力があることすら、緋鳥は知らなかったのだ。

なにが見えるかや、どう扱えばよいかなどは、知るよしもない。

「師匠、身に宿すってつまり、どうすればいいの？」

もうすこし詳しく——と尋ねたものの、白兎は答えなかった。

「いっておくけど、緋鳥に貸してあげた私の〈目〉は、そのうち消えるから」

「――え？」

「どんなものかを知らないと、扱い方がわからないでしょ？　難しいところだけ手を貸してあげただけだから、自分の力でどうにかできるようになってね」

「どうにかって、だから、どうやって……」

「素直に教えを乞う姿勢はとてもいいと思うよ」

白兎はにこりと笑うだけで、結局つきはなした。

「そうだ、緋鳥。いっておきたいことがある。呪禁師として――いいや、呪術を生業とするなら、必ず守らなくてはいけないことだ」

白兎の足がとまる。

暮れていく天を背にして、白兎はゆっくり口をひらいた。

「ひとつ、呪禁師だからこそできる技を悪事にもちいてはいけない。おこなった者はそれでよくても、大勢を救おうと力を尽くす仲間の無事をおびやかすことになるから、見つけ次第、私の手できつく叱る」

「それは、はい――」

白兎がいったのは、呪禁生になった時からも言いつけられていることだった。

――いたずらをしてもいいけれど、度を越したらきつく叱るよ？

何度も口すっぱくいわれてじゅうぶん心得ていたけれど、緋鳥はいま背中がぞくりとした。

それだけ、白兎の目が真剣だった。白兎は「きつく叱る」としかいわなかったが、待っているのはきっと厳罰なのだ。

「ふたつ、悪事に手を染めたとしても悔やみ続ける必要はない。誰を裏切ってもいいから、自分を守りなさい」

「うん？」

「なにが起きても私はすべて許すから、悪いことをしても、心がつらくなったらいつでも逃げなさい」

「逃げなさい――？」

ひとつ目とふたつ目の心得が、相反している気がするのだが。

ぽかんと口をあけた緋鳥に白兎はくすっと笑って、ぽんと肩に手をのせた。

「まあまあ、気楽にいこう。――では、明日からは呪禁師として、がんばって」

鳳凰京の夜

遠いむかし過ぎて、前後のことはよく思いだせないけれど、緋鳥(ひとり)には忘れることができない出来事があった。

七つの時だ。くさくて汚くて暗い小屋に、自分と似たような子どもたち十人以上と一緒に押しこめられて、売り手がつくのを待っていた。

「おまえらを買うのは貴族のお偉いさんか、諸国の豪族だ。買われたら、そりゃあいい暮らしができるんだぞ？」

人買いの男は「ありがたく思えよ」と偉そうにいったが、緋鳥は「嘘だ」と思った。

嘘つきは嫌いだ。

緋鳥を人買いに売った奴も、嘘つきだった。

緋鳥を育てられなくなった母さんと、「この子をお願い」「わかった、安堵(あんど)しろ」と涙を流して言いあったくせに、すぐに人買いに売ってしまったのだから。

一緒にいた子たちとは話をすることも、目を合わせることもなかった。

すくない飯を奪いあう同士で、仲良くなりようがなかったし、ひもじくて、くちびるを動かす気力もなかった。

ある夏の晩のことだ。

粉雪のようにさらさらとしたものが降ってくる気がした。

(雪?)

闇の色をした細かな塵のようなものが、音もなく落ちてくるような——。

雑魚寝をしていた筵は土の上に敷かれていたので、かわいた泥にまみれてざらざらとしていた。

(この泥を雪と間違えたのかな)

そう思ったけれど、降ってくるなにかは、たしかに上のほうから落ちてくる。

見上げても、見えるのはぼろぼろの屋根だけだ。

雨が降ればしずくが垂れてくる風穴がいたるところにあって、月の光が漏れている。

ふしぎに思って、小屋の外に出た。

月が皓皓と輝いて、月の光が草むらの葉先を白く照らしていた。

闇も空も、夢かと疑うくらいに美しい夜だった。

ただ、夜空も月の光も、粉雪に似た細かな塵になって降るように見える。

夜の世界が、誰かの手でふしぎなまじないをかけられているようだった。

(なんだろう。きれい……)

立ちつくしていると、ふっと鳥肌がたった。

地面伝いに、奇妙なものが這ってくる気がした。

小屋よりも大きなものが勢いよく近づいてくる。

がさがさと草が荒っぽく揺れ、物音は一度でやむどころか、どんどん大きくなる。

音のするほうを探すと、背の高い薄の草むらから真っ黒な蜘蛛が姿を現した。

巨大な蜘蛛――いや、蜘蛛ではなかった。

手のひらの形をした影で、五本の指の部分を蜘蛛の足のように動かしながら、薄の葉をはねのけ、怒濤のごとくやってくる。

影は、なにかから逃げているようだった。おぞましいものを振り切るようで、行く先に小屋があろうが構うものかと、近づいてきた。

でも、緋鳥を見つけて、向かう先を緋鳥に変えた。

相手は影だ。目はないけれど、目が合ったと緋鳥は怯えて、悲鳴をあげた。

悲鳴は影に力を与えるようだった。

緋鳥の怯えを糧にしたように影は力をみなぎらせ、月を隠しながら飛びあがった。

食われる――と身構えているうちに、緋鳥は拳の形に変わった影にわしづかみにされた。でも、すり抜けていった。

身体の内側なのか外側なのかわからないほど近くを、ぞっとする気味悪さのものがとおりぬけて、影は緋鳥が背にしていた小屋にぶつかり、ごんと音を立てた。

その時、ぽっ、ぽっ、ぽっと、草の上に蛍の光のようなものが浮かびあがった。

光は糸のように細く、天に向かって伸びた。

影はその光をいやがって、光に触れてしまうとのけぞってよけた。光に触れるごとに影が削れていくようでもあった。

「やっと、つかまえた」

影を追って、背の高い男がやってくる。

男は闇夜に妙になじんでいて、夜の生き物の気配を帯びていた。

長い黒髪や白い肌が月光を浴びてほのかに輝いており美しかったが、手のひらの形をした影も、つぎにやってきた男も、幼い緋鳥には人ではない物に見えた。

男は知らない言葉を唱えた。声が低くて、なぜだか地の底からきこえるようだった。

影の動きがとまって震えだし、呻き声をあげて、しばらくすると内側からぱんと稲妻のような光が散って、影が砕けた。

影の色をした塊がほんの小さな塵になるまでばらばらにされて、夜の世界の粒にまぎれていく――そんなふうに見えた。

啞然としているうちに、誰かの手が及んだような夜の世界でもすでになくなっていて、皓皓とかがやく青白い月が、なにごともなかったように草むらを照らしていた。

「もう大丈夫だよ。ごめんね、巻きこんじゃったね」

やってきた男は緋鳥に笑いかけたが、驚いたように真顔になった。

「きみ、持禁ができるの？」

「じき――」

　ぽかんとして見上げると、男は笑った。

「知るわけないか。——どうだろう。私と一緒にこないかな？　きみみたいな子は、彼らからすれば恰好の餌だ。私のそばにいたほうがいいと思うんだ」

　うしろから、もう一人やってきた少年がいた。

「師匠、あの方は……」

「きたか、虚子。済んだよ——しまった。最後まで見届けさせてあげるべきだったね。彼がこの子を殺めてしまうと思って、つい——」

　男も、追いかけてやってきた虚子という少年も、「あの方」「彼」と、影のことを知り合いのように呼んだ。

　後できいたら、その影はむかし人だったそうだ。

「強い呪力をもった人が怨念をいだいてしまうとね、肉体よりも心のほうがなじみがいいから、怨念に合わせて身体が変化しちゃうんだ。人を襲ったり、おのれを呪ったり——そういう人は、たいてい私の知り合いなんだけれどね」と、男——白兎が、寂しそうに話してくれたことがあった。

「どうかな。きみさえよければ、学問もさせてあげられるけれど——」

　男は控えめに誘ったが、緋鳥はもう答えていた。

「いく」

　幼い緋鳥にとっては、迎えにきたのが、影の化け物か、人の姿をした化け物かの違いでしかなかった。

ただ、月光を浴びて闇を漂わせるふしぎな男に惹かれて、魔物でもいい、この化け物についていく——と、さしだされた手を握り返したのだった。

男は笑って、名乗った。

「私は白兎というよ。よろしくね」


(呪禁師か——)

緋鳥が呪禁師をめざしたのは、緋鳥を人買いのもとから助けた男が呪禁師だったからだ。

白兎は呪禁博士で、呪禁師になれる子を育てるのが役目だ。

仲間の呪禁師は、緋鳥を見て惚れ惚れといった。

「白兎よ。また、すごいのを拾ってきたな。自分からは弟子をとらないといってたのに」

「うん。最後まで育ててあげられないとかわいそうだから。でも、この子なら——って」

呪禁の技を身に付けられるかどうかは、生まれ持っての素質で決まるという。

素質がある——と白兎に判じられた緋鳥は、鳳凰京で暮らしはじめてからすぐに、呪術の心得や薬種の知恵をたたきこまれることになった。

白兎は「緋鳥がやりたかったらでいいよ」といってくれたけれど、教えられたことがうまくできると「筋がいいね」と褒められる。それが嬉しくて、夢中で学んだ。典薬寮の掃除などをする下働きを使部というが、七つの時からその役に就いて、一生懸命働いた。

使部を経て呪禁生になり、学問を修めて、最後の見極めも終えて、ついに及第した。幼いころからの憧れの地位——呪禁師に、とうとうたどり着いたのだ。

(すごい、なっちゃった。呪禁師に)

その日は、うまく寝つけなかった。

白兎と出会ってから十年経ち、緋鳥は十七になった。

幼いころを思いだしながら寝床で何度となく目を覚まして、鳥の声をそのつどきいた。やがて、時鳥が鳴いた。まもなく夜明けがくると告げる鳥の声だ。

(起きようか)

鳳凰京の法のもとでは、呪禁師が身にまとうのは深縹の衣だ。

呪禁師の衣にはじめて袖をとおして、髪を結い直し、すこし身ぎれいにして小屋の外に出ると、東の空が白みはじめていた。

(師匠は起きてるかな)

緋鳥が寝床にしている小屋は、白兎の邸の庭にあった。

呪禁博士の白兎にはそれなりに広い邸を与えられたので、白兎は庭に小屋を建てて、時たま弟子を住まわせていたのだ。

白兎が暮らす家のほうは、十人くらいが押しかけて雑魚寝ができるくらいの広さがある。緋鳥も幼いころはそこで育った。

（かまどの煙は出ていない。ちょっと早いものね）

夜明け前で、外はまだ暗い。

見上げれば、最後の光をふりしぼるように星が天いっぱいに鏤められていた。

（きれい――。いこう）

すこし早いが、白鳳宮の入り口、朱雀門で開門を待とうと、邸の門から出た。

呪禁師になって最初の朝だった。


「そうか、緋鳥がとうとうやったか」

緋鳥が見極めに及第したときくと、先達の呪禁師、蘭丈は大声で笑って喜んでくれた。

年に何度もある考試に及第し続けるのは、難しいことだ。

落第して退寮していく学生が多い中、緋鳥だけでなく、昆や、見込みのある子の昇進は、典薬寮のみんなが待ち望む祝い事だったのだ。

「娘の呪禁生の緋鳥といえば典薬寮の名物だった。いやあ、とうとう女呪禁師が生まれたか」

蘭丈は呪禁師の中では一番の年長で、年は五十五。

酒好きの気のいい男で、いい年なだけあって、蘭丈は、緋鳥も昆も、典薬寮で呪術にかかわるほとんどを幼いころから世話してきている。

「なあ、白兎。おまえが見出して、手塩にかけて育てた娘がとうとう一人前になったんだ。こんなに才覚のある子が上にいけないなんてないとは思っていたが、よかったなぁ。つぎの休みにはみんなで酒を飲もう！」

「いいね」

白兎はうなずいたが、「酒代は各自もちだよ」と釘をさした。

「ひとまず、よかったよ。見極めに受かるには才覚だけじゃなくて運も要るからね。緋鳥の場合は、才覚とは別の部分が心配だったし」

白兎が気にしたのはおそらく素行の悪さだが、蘭丈は別の心配をした。

「頭数か？　そうだよなぁ。呪禁師は六人までと法で決まってるから、いまいる誰かがやめて席が空かないかぎり、本物の呪禁師になれない——これはな、典薬寮の大問題だ。だがな、白兎。そのことなら気にするな。俺が引退するから」

「えっ？」

緋鳥が目をみひらいた。

言い聞かせるように、蘭丈はにやっと笑った。

「安心しろ、緋鳥。おまえのための席なら、俺が空けてやる」

呪禁生が本当の意味で昇進できるのは、見極めに受かった後で呪禁師に欠員ができた時だ。

緋鳥は呪禁師として働けるようになったが、報酬をもらうことができない宙ぶらりんな立場だった。法のもとでしか、まことの呪禁師にはなれないのだ。

呪禁師がやめていく理由はさまざまあったが、自分からやめる人はほとんどいなかった。官人であれば、住むための家も土地も、お勤めの報酬となる米や布ももらえるのに、得られるものがなくなる上に、ほかの特権も使えなくなるからだ。

激務をこなさなければいけない下級役人はつらい職だが、耕人（たひと）や水夫（かこ）たちからすれば、憧れの職だったのだ。

「でも──引退した後で蘭丈はどうするの？」

「なぁに。俺には長年つちかった知恵がある。どこにだって働き口はあるさ。それに、俺には夢がある。俺ももう年だ。老いた後は山国の薬草園で下働きをして、しずかに余生を過ごしたいんだ」

鳳凰京からは街道がいくつも続き、諸国へ通じていた。

中でも、薬草を育てるのにふさわしいと朝廷から認められた国には大きな薬草園が設けられ、そこで収穫された見事な薬草が、季節ごとに鳳凰京へと運ばれた。

鳳凰京で典薬寮に勤める薬園師（やくおんし）は、一年のほとんどをあちこちの薬草園を回って過ごしている。

大量の薬草とともに帰京するごとに、地方の山国がどれだけ風光明媚（ふうこうめいび）で、食べ物がうまくて、人がよくて、住みやすいかという話を、土産話としてきかせてくれるのだった。

「山から吹く爽やかな風、手をさしいれただけでそうとわかる清らかな水、めぐみ豊かな大地、そこに根ざして地の力を集め、しこたま伸びる薬草——俺もいつか、そんなところで暮らしてみたいのよ。というわけで緋鳥。おまえに職を譲ってやるから、俺の代わりができるようにしっかり励めよ。俺のしずかな余生を邪魔するなよ？」

蘭丈は緋鳥のため、という言い方をしたが、緋鳥はぼそりといった。

「いますぐ退寮願を出せばいいと思うよ？　そうしたら、憧れの暮らしがすぐに手にはいると思——」

「俺の気配りがわからんのか。かなしい奴だ」

蘭丈は額に手のひらを置いて、大げさに嘆いた。

となりで白兎も苦笑した。

「蘭丈は緋鳥を守りたいんだよ。せっかく学んだのに職に就けないと、若者は道に迷いがちだから」

「そうそう、そう——」

蘭丈は急に真顔に戻って、寂しげにいった。

「六年前にそうしておけば、俺は若者を一人守れたかもしれなかった。その前にも悩んだことがあった。でも、やらなかった。だから、どうしてもつぎはやると決めたんだ。若者の夢の芽を摘んじゃいけねえ。俺はもうじゅうぶん咲いたんだ」

蘭丈の顔がどんどん暗くなる。

「それはそうと、白兎よ。巷の呪詛事件が後を絶たない」

「――どんなのがあった?」

「厭魅ばかりだ。大流行りさ」

厭魅というのは、呪符を使っておこなう呪禁道の呪いのことだ。

ただ、呪禁師よりも、貴族や庶民のほうが多くおこなっている。

怖いもの見たさか、面白半分か。もしくは、どうしても殺したい相手がいて藁にもすがる思いなのか。厭魅は鳳凰京で大流行中だった。

「――そうだ。緋鳥、俺と夜の見回りにいくか?」

「うん?」

「呪禁師といったら、本領を発揮するのは夜と決まってる。知っておいて損はねえだろ。呪禁師になった記念すべき初日だ。いいよな、白兎」

白兎もうなずいた。

「断る理由がないね」

出かけたのは、夜が更けてからだった。

「ねえ、蘭丈。一応きいておくけど、こんなに遅い時間からつぎの仕事にいくのに、明日もいつもどおりに出仕しなくちゃいけないのかな」

　呪禁師のお勤めがはじまるのは日の出の刻だ。

　このまま夜の見回りをすれば、徹夜でもしないと出仕の刻に間に合わない。

見極めが終わったとはいえ、呪禁師になったばかりの新米だ。

遅刻や欠勤はしたくないものである。

「最初のうちから仕事の選り好みか？　よくねえぞ？」

　蘭丈はからかうような言い方をしたが、緋鳥も別に夜の見回りにいきたくないわけではないのだ。

「蘭丈につきあえるのはありがたいんだよ？　ただ、朝から夜中まで続けて働くっていうのは、きいていなかったから」

　蘭丈は「あっ」と緋鳥を向いた。

「もしかしておまえ、昼寝をしておかなかったのか」

「してないよ」

「すまん。伝えるのを忘れてた」

「ひどい、蘭丈――」

「まあ、細かいことは気にするな。お詫びに夜の都をしっかり案内してやるからよ。なにしろ今日はおまえにとっての記念すべき日だ」

　蘭丈は笑い飛ばして相手にしなかったが、緋鳥はぼそりとつぶやいた。

「うん。間違いなく、忘れられない初日になるね」

激務のはじまりである。ひどすぎる残業だ。

朝から働いた後で蘭丈につきそったので、出かける前から緋鳥はくたくただった。

でも、蘭丈について夜の都を歩くうちに目が冴えていく。

見慣れたはずの大路の壁や建物は闇に沈み、鮮やかな朱に塗られた門や柱は、色を失って真っ黒に見えている。夜の鳳凰京の眺めは、昼に見るのとまったく違った。

人の気配もいっさいない。日の出とともにお勤めがはじまる鳳凰京では、たいていの人は天が薄暗くなると寝てしまうのだ。

もうすこし経って朝がくれば、鳳凰京名物の大移動で身動きができなくなるほど人であふれかえる大路にも、動くものはひとつすらなかった。

「しずかだね……」

「夜の都もいいもんだろ？　俺は昼間よりも好きだよ」

暗くてよく見えないが、蘭丈はにやっと笑った顔が思い浮かぶ言い方をした。

緋鳥も笑った。

「うん、いいね。なにかが起こりそうで、わくわくする」

蘭丈がまず出向いたのは、官衙の門を守る衛士のもとだ。

夜間の警備をつとめるので、衛士のもとには松明が焚かれる。

その火明かりで木簡を読んだ。

「椿門の近くで人ではない呻き声あり。急ぎたしかめろ、だと」

「椿門ってことは、北側か。大きな邸が集まってるあたりだね」

鳳凰京は広く、帝が暮らす白鳳宮のある北ノ京には貴族が多く住み、南ノ京と呼ばれる南側には庶民が多く暮らす。

怨霊事件や呪詛事件は、北ノ京でよく起きた。

呪殺や毒殺、暗殺など、人が妙な死に方をするのも、都の北側が多い。

「なら、かかわってるのは貴族でしょ？　恨まれるようなことをしてる人が多いんだよ」

木簡に書かれた場所へと夜の大路を歩きながら、蘭丈は左右を見回して笑った。

「たしかに。この通りは怨念ばかりだ」

「怨念が見えるの？」

「──見えんのか？」

蘭丈は驚き、落胆したふうに肩を落とした。

「まずいぞ、緋鳥。精進しろよ。それじゃ、俺が役を譲るのをためらっちまうぞ」

やがて、ううう……という奇妙な声が、行く手の闇の奥からきこえはじめる。

そうかと思えば、同じ声がけらけらと笑う。

鳳凰京の夜は暗い。夜通し火が灯るのは、宮城十二門と京城三十門、そして、貴族の豪邸を守る任につく衛士のもとだけだ。

緋鳥と蘭丈がたどりついた通りも真っ暗で、大きな屋根をもつ館や庭に植わる木々が濃い影になって左右にそびえている。

月も細かった。雲が多く、星明かりもすくない暗い夜だった。

「あそこだ」

真っ暗な中でも物が見えているかのように、蘭丈はとある辻へと向かった。

ぼんやりと後を追う緋鳥を振り返り、呆れたが。

「緋鳥、まだ見えんか？　持禁はできるよな……」

だんだん身に染みた。見えなければいけないものが見えていないのだ。

（あ。〈目〉だ――）

見極めが終わって鳳凰のもとへ出向いた時に、白兎が貸してくれた〈目〉の力があった。借り物のせいか使えているのかどうかもよくわからないのだが、きっといまはそれが使えていないのだ。

まぶたから目の奥、血潮をとおって、肩や腕、胸、指先まで染み渡った、ぬるくてちかちかと瞬くようなふしぎな力――それを思いだして深く息をする。

すると、目の前の夜の景色が変わった。通りが明るく見えた。

衛士の火明かりのように明るい青白い光が、通りに並ぶほとんどの邸に灯っている。

まるで、さまざまな星が宿る通りにきたようだ。

もうもうと吹きあがるように勢いがすさまじい光もあれば、とじこもるように小さく硬く灯る光もあった。

蘭丈が呪言を唱えはじめる。

「魂魄一振、万魔を灰と成せ、喼急如律令。魂魄一振、万魔を灰と成せ――」

蘭丈が祈る先の辻には、時に呻き声をあげ、時に笑い声をあげるふしぎな影があった。

呪言を唱えながら蘭丈が近づいていくと、笑い声がぴたりとやんだ。

その時にはもう、蘭丈の手が触れるほど近づいている。

「魂魄一振、万魔を灰と成せ――」

蘭丈の手には蛍の色の光が宿っていた。

その手をぐいと押しつけるなり、影の動きがとまる。

もごもごもご……とむずかるように影はしばらく揺れたが、ふわんと闇に溶けていく。

その時、蘭丈の手に触れていたのは、土の上にころがった壺だった。

壺の口は布で封がしてあったが、異様な臭いが漏れている。

蘭丈のうしろから近づいていって、緋鳥は思わず鼻をおさえた。

「なに、この臭い。魚？」

「今年の呪いの流行りなんだよ。厭魅の人形に、鰯の頭と水を添えるのが」

「呪いの流行り？　呪いって流行るの？」

「それがな、流行るんだよ」

「鰯の頭と水って――腐るでしょ」

「腐るよ。くせえな」

蘭丈は苦笑いをしながら、壺の中から濡れた木片を取りだした。水と混じった魚の脂のせいで、ひどい臭いになっている。

脂混じりの水をしたたらせながら、蘭丈は木片の面を緋鳥に見せた。

「誤りがわかるか？」

木片は人の形に削られていて、両目と胸のあたりに木釘が打ち込まれている。腹のあたりには紋や呪文もあった。

読み解くと、とある男を呪いたいと書いてあった。

だが、いくつか間違いがある。書くべき印が抜けているので、「誰彼を呪え」ではなく、「誰彼を呪いたいと思っています」程度にしか仕上がっていない。

「これじゃ、呪符じゃなくて、ただの落書きだ」

「まあな。だが、妙な念だけはこもってる。おかげで、こういう悪い力を食らいたい魔物の餌にはなるから寄ってくるんだが、いかんせんくさい。鰯の頭は魔除けにも使われるものだから、こんなものにでも寄ってくるのはよっぽど下等の妙な魔物だけだ。いまみたいな、笑って唸る程度のな」

「でも、蘭丈。これ――」

緋鳥は、蘭丈の指につままれた人形に見入った。

「どうしてわたしにも読めるんだろう。呪符ってそんなに種類がすくないの？」

木片でつくられた呪符は、緋鳥が典薬寮で習ったものとよく似ていた。

緋鳥がもし誰かを呪おうとするなら、似たものを用意するだろう。

「こういうくだらない呪詛事件で見つける呪符は、たいてい典薬寮で教えたものだ。たぶん、呪禁生の誰かが知恵を広めちまったんだよ」

「呪禁生が？」

緋鳥が目をまるくする。蘭丈は大きな肩をすくめてみせた。

「もともと、人を呪う呪符はこの国にはなかった。帝仕えの呪禁師がもちこんだのは祓いの霊符がほとんどだからな。だが、どこかから誰かがもちこんで広まっちまった。呪術がらみのことをどうにかするのが呪禁師の役目だから、見つかるたびに調べてるんだが、うちでわかってるのも呪符から読み取れることばかりだ」

「そうなんだ。知らなかった――」

「そこまでは習わんか？　なら、よく見てみろ。祓いの霊符とまったく違うだろう？」

さしだされた手から人形を受け取ってみるが、緋鳥はすこし悔やんだ。

「さわっちゃった……くさい」

腐った魚の汁だらけで、臭いもひどすぎる。

鼻がまがりそうになるのをこらえながら木片を目の前に近づけて、字を読んでみる。

「喼急如律令」という字と、呪いたい相手の名と紋がいくつか墨で描かれていて、水と脂でところどころがにじんでいた。

「あ――神紋がないんだ」

呪禁生が時間をかけて学ぶ祓いの霊符に描かれるものの多くは、字というよりは文様だった。

　天から授かった文字「神紋」とも呼ばれ、川の水の流れや天地の様子が字になったものと伝わっている。

　紋をなす線のわずかな長短を誤るだけで験(げん)がなくなるので、複雑な形を隅々まで覚えなければならず、学生(がくしょう)泣かせなのだが、人を呪うための呪符に描かれるのは、字と簡単な紋だけだった。呪符を描く手間だけを考えれば、人を呪うのはとても楽だ。

「そう。だから、そこら中に広まるんだろうな。ただ、描くのは簡単でも、うまく呪えるかどうかは呪った奴次第になる」

　蘭丈がため息をついた。

「呪禁生までは、呪術にかかわる一族の子であればわりとすんなりなれるんだが、その先の見極めに進める奴はそう多くない。誰にでもできるもんじゃねえからな。進めなかった奴は退寮するしかないが、ろくでもない知恵をもって外に出るもんだから、妙な技が広まっちまうんだよ」

「ええぇ、ちょっとかじっただけのことを勝手に広めてるってこと？　無責任だ。そんなだから落第するんだよ」

　緋鳥が腹の底から愚痴を吐くと、蘭丈もうなずいた。

「呪術は遊びじゃない。とくにこういう効き目を制するのが難しい呪詛は、扱う奴の呪力が験を左右する。なにがどう動くかも知らんまま使うもんだから、効き目がおかしくなって呪った本人が屍で見つかったり、間違った相手が死んじまって大騒ぎになったり、魔物の餌にしかなりようがないもんが仕上がったり――」

緋鳥もうなずいた。

鳳凰京では、厭魅が大問題になっているのだ。

「それで禁令が出てるのか。素人がやると失敗するから――ううん、呪いなんてものはもともとやるべきじゃないけど。でも、減らないよね」

「仕方ねぇよ。呪いたい奴が減らないんだ。不条理がまかりとおる、くそみたいな世の中だから」

蘭丈はやけっぱちのようにいい、やはり暗い顔をした。

「それに、一番厄介なのは、呪禁師になれる力がある奴までが退寮させられることだ」

「うん？」

「呪禁師は六人までと決まってるだろ？　才覚があっても、上がつまってると昇進できずに、法の力で退寮させられちまう。そういう奴は力と知恵をもったまま外に出て、技を売るんだろう。こんなくだらない呪詛じゃなくて、強力なやつをな」

ふう――と、蘭丈はため息をついた。

「白兎もいま、それで悩んでるはずだよ」

「――師匠も悩むんだ？」

白兎はいつも、冗談なのか本気なのかよくわからない言動をする人だ。

悩んでいる姿は想像がつかない――とあごに指をかけていると、蘭丈が「ひでえな」と笑った。

「行方知れずなのが一人いて、どうもそいつが鳳凰京に戻ってきていて、呪禁の技を使ってるっぽいんだ。誰かにこき使われて厄介ごとに巻きこまれているんじゃないかと白兎が行方を追ってるが――いなくなってから、もう二年になるよ」

緋鳥が呪禁生になったのは三年前だ。

二年前なら、すでに典薬寮の学生だった。

「それって――」

呪禁生は多くても六人で、毎日顔を突きあわせる。

その六人の師匠役が白兎だったが、呪禁生はみんな兄弟のように暮らしていた。

「虚子さん？　虚子さんが見つかったの？」

その人の名は、忌来虚子。

呪禁師はほぼ世襲制で、名門と呼ばれる家の子息が優先的に呪禁生になれるが、虚子もそういう名門の子で、四つ年上の有能な兄弟子だった。

でも、呪禁師にはならずに退寮してしまった。

「いや、見つかっていない。だから白兎が――」

虚子は、呪禁師になるための見極めを十六で受けるはずだったが、まだ学び足りないからと受けずに過ごした。

及第したところで呪禁師の空きがなかったのも理由だったはずだ。そのあいだに一人がやめていき、満を持して十九の時に見極めを受けたが、運が悪かった。見極めの最中に親が流刑になったのだ。

親との別れを惜しんだ虚子は、見極めが終わるのを待たずに退寮してしまった。見極めのあいだの欠勤は即落第で、呪禁生としてあらたに入寮できる年も超えていた。残ったところで、呪禁師になるすべはなかった。

「虚子さん――あ！」

緋鳥はふっと思いだした。

「この前、誰だか思いだせなかった人がいたの。誰かに背恰好（せかっこう）が似ていて気になってたんだけど、虚子さんだ！」

蘭丈が目をまるくした。

「背恰好？　虚子を見たのか。どこでだ？　この一年ほど、白兎が捜し回ってたんだぞ」

「師匠が？」

緋鳥の声が小さくなる。似た人を見た気はしたが、はっきり見たわけでもなかった。しかも、その時に見たのは人の姿ですらない影だ。

気配がなんとなく似ていたという程度だった。

「市場の近くだよ。たそがれ時だったからよく見えなかったし、姿を見たわけでもないんだけど。虚子さんに似た影を見たの」

「影？」

「うん。人ではなくてもののけかとも思ったし――」

「影なあ――妙なことでもやってるのかな」

蘭丈はため息をついた。

「その、厭魅もな、典薬寮で一、二を争って扱いがうまいのは虚子だったんだ」

「そうなの？」

「呪いの呪符は新しく広まったものだって話しただろ？　そういうのは若いやつのほうが飲みこみが早いよ。俺たち古参の呪禁師が、はじめて見る呪符の解読に唸ってるところにきて、『こうじゃありませんか』ってさらっと指南していったもんさ」

「そういえば、虚子さんは透視が得意だったね」

虚子は、はじめて目にするものでも、物事の核となるものを見抜いてしまう力に長けていた。

緋鳥とはじめて出会った時にも、にこりと笑ってこういった。

『きみは炎に愛されているね。きみが生まれた時に、炎の路をくぐってきたせいだ。すごいね、火の神様みたいだ』

そういえば、呪いの呪符について学んだ日にも、鋭利な刀子を手にするのをためらうような言い方をしていた。

『呪いたいと念を込めれば叶ってしまうなんて、驚くほど簡単な仕組みだよ。あまり近づきたくないものだな。——使えてしまいそうで、怖いよ』

蘭丈はうなずいて、残念がった。

「ああ。あいつは呪禁師に要る〈目〉の力をもとからもっていた。まじめないい子だったよ。——まあ、なんであれ、好きにやってるならそれでいいんだがな。白兎の教え方も、『いやになったら脇目もふらずに逃げなさい』だしな」

「それ、わたしもいわれたよ。『悪事に手を染めたとしても悔やみ続けるな』、『誰を裏切ってもいい』、『逃げなさい』って——」

「俺も同じ意見だよ。当の本人が嫌気をさしたものは、周りにとってどんなにいいものでも刃になり毒になるだろう。呪術は諸刃の剣で、俺たちはその剣を身体の内側に飼ってる。稽古をすれば剣を研ぐことになるが、おのれを制しきれなくなって負の感情がふくらめば、その研いだ剣であっというまに自分に殺されちまうのさ」

その時だ。暗がりから、呼びとめられた。

「こんな夜に、なにをしておる」

命じ慣れた男の声だった。振り返ると、若い男が五人ほど立っている。

月の光もろくにない暗い夜だ。

男たちは離れたところから声をかけてきたので、姿は黒い影にしか見えなかった。

ただ、その人たちも、通りを照らしているのと同じ青白い光をもっていた。

胸のあたりに星を宿すように、人影は青白く光っていた。

男たちは、怯えていた。

「何者だ。人か？　名乗れ！」

蘭丈は平然と答えた。

「典薬寮の呪禁師です」

鳳凰京で夜に出歩く人は稀で、もののけと判じられても文句がいえないが、典薬寮の呪禁師といえば、夜に働く職の代表格だったのだ。

ほかには、夜の番をする衛士と、夜空の星を観る陰陽寮の天文博士くらいだろうか。

「夜の見回りです。そこの辻に夜になると現れるもののけがいると、退治の依頼があったので」

「そこの辻にもののけが――呪禁師？」

尋ねてきた影はますます怯えた。

もののけに怯えたのか、呪禁師に怯えたのかは、いまいちわからなかった。

（そういえば、師匠がいってたっけ。呪禁師は怖がられてるって――）

『呪禁師はたまに狙われるよ。なにしろ、化け物だと思われてるからね』

苦笑した白兎の顔を思いだしたところだ。

男たちの影が、ずいとつめよるようにつぎを尋ねた。

「ならば、おぬしらは、呪禁博士の白兎という者を知っておるか」

蘭丈は丁重に答えた。

「はい。白兎は呪禁師の長をつとめております」

「その者は今日、なにをしておった」

「なにも――いつもどおり典薬寮に出仕しておりましたが」

「なに」

影は驚いたようだった。

「では、いまひとつ尋ねるが、典薬寮に緋鳥という者はいるか」

今度は、こちらが驚く番だ。

蘭丈の隣で、緋鳥は答えた。

「わたしです。典薬寮の呪禁生(じゅごんしょう)――いえ、呪禁師の、名を緋鳥ともうします」

その途端だ。ざっと皮沓(かわぐつ)の底が土をこする音が響き、硬い音が鈍く重なる。

お互いに影のままなのでなにをしているのかは明らかではなかったものの、男たちは間合いをとるように退き、腰に手をかけた。おそらく剣を抜こうとしている。

(なに?)

剣を佩(は)いているなら貴族か、武官か、それとも――。

――緋鳥、持禁(じきん)しろ。

蘭丈が小声でいい、緋鳥を庇(かば)うように前に立った。

「この子がなにかいたしましたか。あなた方はどなたでしょうか」

尋ねられると、影になった男たちはますます退いた。顔を隠すようだった。

「──いくぞ」

結局、蘭丈の問いには答えずに去っていった。

気配が遠ざかってから、緋鳥は口をひらいた。

「どうしてわたしのことを知ってたんだろう。誰だったのかな」

「調べてみるか？」

蘭丈は地面に膝をついて、片耳を土にくっつけた。

地べたから緋鳥を見上げて、ちょいちょいと指を動かしている。

そばにこい、といっているようだ。

「なにしてるの──」

尋ねかけると、地べたから蘭丈は指を口元にあてて「しっ」と合図をする。

緋鳥も真似をして、地面にはいつくばって土に耳をあててみた。すると──。

すぐそばにある蘭丈の目が、「きこえるだろ？」と無言で合図する。

土から、声がきこえていた。

土を踏んで歩く足音のほうが大きいが、男たちが囁きあうような声が届いている。

『緋鳥だった。いまの娘が、大臣が殺せといっていた娘だ』

『戻って殺るか？』

『だめだ。呪禁師がもう一人いた。大臣は大事にしてはならぬと』

『だが、このままでは——。あの呪禁博士はどうした。まだ見つからんのか』

『——が、いいのではないか。もはや気長に待つ時は過ぎた。私から大臣に……』

かろうじて声がきこえたのも、ここまでだ。大きくきこえていた足音も遠くなり、話し声はなおさら、ひそかな足音にかき消される。

（土をとおして音をきく呪術？　わたしの知らない術だ）

「ねえ、蘭丈。いまの術は——」

尋ねようと目を合わせると、地べたの暗がりに、緋鳥をじっと見つめる蘭丈の目があった。

「緋鳥、おまえ——」

いわんとすることはわかったので、緋鳥は遮っていった。

「わたしはなんにもやってないよ！」

「勘違いされるようなことをやったとか、心当たりもないのか？」

「宮内卿をからかって激怒させたことならあるけど——殺されるようなことは、しなかったつもりだけどなぁ」

「宮内卿をからかって激怒……おまえなぁ——」

蘭丈は呆れたが、考えこんだ。

「ふうむ——連中は呪禁博士も捜していたが」

「捜さなくても、師匠なら、今日はずっと典薬寮にいたけどね」

「妙なことに巻きこまれたのかな」

冷たい土につけていた耳をあげていき、蘭丈が膝をたてる。

緋鳥も倣って立ちあがりながら再び二人で肩を並べると、蘭丈がちらりと見下ろしてくる。

「緋鳥、おまえ、しばらく隠れていたらどうだ？　呪禁生で仕事があるわけでもないんだから、しばらく休めよ」

「むりだよ」

「どうして。あいつら、よくわからないが、おまえを殺そうとしていたぞ？」

「だって、もう呪禁師だよ。今日が初日だよ。働いてるよ。というか、思いっきり残業中だよ。昼寝もしてないのに」

「そうだった」

蘭丈は「そう責めるなって」と目を逸らしたものの、うなずいた。

「いやいや。やっぱり、しばらくおとなしくしてろ。見極めに及第して呪禁師になったが、法の上では、俺が位を譲るまではおまえはまだ呪禁生のはずだ。役所に届ける出仕日の記録はどうにかなる――はずだ……たぶん」

「――本当に？」

緋鳥がじとっと見つめると、蘭丈は唸った。正直な人なのだ。

「すまん。わからん。とにかく、白兎には俺から話しておくから」

「わかった。――ううん、よくわからないけど。だって、隠れていろって、誰から隠れていたらいいの？　いまのが誰だったのかもわからないのに」

緋鳥を狙おうとする声はきこえたが、姿は闇にまぎれていて見えなかった。

相手が誰かも、なにが起きているかもわからないのだ。

「大臣が――って話していたよね。鳳凰京には大臣が二人いるわけだけど。左大臣と、右大臣が」

緋鳥は考えこんだが、蘭丈はぼそりといった。

「欲にまみれた怨霊大路で剣をちらつかせるような奴らだ。もののけだろ」


翌日、緋鳥は寝不足のままでお勤めに就いて、居眠りをしかけるのを耐え忍ぶことになった。

（もうすぐ退朝鼓が鳴る。今日は帰る。帰って寝る――）

法外な残業を終えてすぐに、早朝からのお勤めだ。

今日ばかりは残業するもんかと、時が過ぎるのを待っていた。

「緋鳥、きいたよ。緋鳥の名を呼んで殺そうとした者がいたらしいね」

目の前に、白兎がいた。

「わっ」

気を抜けばうつらうつらと揺れてしまいそうだったので、さぼって見えないように懸命に真顔をつくっていたところだった。

「ごめん、気をつけます――」

居眠りを叱られたと思って謝ると、白兎は「なにがだい」と首をかしげた。

もしかしたら、すでに寝ていたのかもしれない。

「蘭丈からきいたよ。どうしようか」

「どうしようかって？」

「出仕の日数にこだわるのはひとまずやめて、しばらく休むことにしようか？」

白兎はため息をついている。

「きっとなにかが起きたんだよ。妙なことが私たちの知らないところで起きているんだ」

珍しく切実そうにいうので、緋鳥は驚いた。

「師匠もそんな顔をするんだね。いつもは冗談か本気かわからないようなことしか言わないのに」

「そうか、緋鳥は私のことをそんなふうに見ていたんだね。かなしいよ」

白兎は嘆いてみせたが、ふりをしただけというふうだ。すぐに話を続けた。

「どうもね、鳳凰京そのものが慌ただしくなっている気がするんだよ。なにかが裏で動きはじめているんじゃないかなって。しかもそれは、緋鳥が宝物殿にいった日から――と、私は感じているんだよね」

昇進の見極めの七日目のことだ。緋鳥は宝物殿へ出かけて、薬種の検めをおこなった。

「あの日から？　鳳凰京そのものが？」

訊き返すと、「うん」と白兎はうなずいた。

「だから、なにかが起きたのならその日だったんじゃないかなぁと」

「なにかって？」

「私も考え中だよ。でも、たぶん……」

そこまでいって、白兎はため息をついた。

「とにかく、緋鳥はしばらくお勤めを控えようか」

「――わかったよ。でも、せっかく呪禁師になったのになぁ」

昨日は朝から夜中まで働くことになり、いまもくたくただった。

でも、つらいとは感じなかった。

長いあいだ憧れた呪禁師にようやくなれたのだ。いまは簡単な仕事しかできなくても腕を磨いていくんだと、はりきっていたところだ。

「出仕の日数はどうなるの？　呪禁師にも考課があるよね？」

考課というのは、官人への評価だ。

四年ごとにおこなわれ、働きぶりが「良」と評価されれば昇進できるが、欠勤や遅刻が多かったり、怠けがちと判じられたりすれば「不良」と評価されてしまう。

「不良」と判じられてしまえば、格下げされて、いずれは役を解かれてしまうはずだ。

「蘭丈は、わたしはまだ法の上では呪禁生だから、役所に届ける記録はどうにかなるかもって話していたけど――」

「うーん、どうだろう。その時になってみないとわからない、としか言えないんだよねぇ。管轄が典薬寮じゃないし」

「はい？」

「とはいえ、官人の勤怠は一年おきに見極めるもので、昇進の見極めほど厳しくないから、すこしくらい休んでも問題ないよ。今月ちょっとさぼり気味でも、その後がんばれば巻き返せるよ」

「大丈夫」と白兎は笑う。

でも、緋鳥にとっては笑えない話だ。

「でも――もしも、この厄介ごとが一年続いたらどうなるの？　勘違いをしてわたしを狙う人がいたとして、その人がずっと勘違いし続けていたら、そのあいだずっと逃げたり隠れたりしなくちゃいけないわけじゃない。長く続いたら、巻き返すこともできないんじゃない？」

白兎は、はてと顎をかたむけた。

「まあ、そうなるね」

そうなるね、じゃないよ。大問題だと、緋鳥は食いさがった。

「困るよ。せっかく呪禁師になったのに、役を解かれちゃうじゃない」

「命を狙われるよりはいいと思うけど――」

「よくないよ。誰かの勘違いのせいでひどい目にあうなんて、不運すぎる。いやだよ」

呪禁師は、七つのころから学び続けた末にようやく得た職なのだ。

緋鳥がきっぱりいうと、白兎はすぐにうなずいた。

「まあね。そのとおりだ。早めにどうにかするから、しばらくおとなしくしていてよ。私も責任を感じているからね」

その時、典薬寮の入り口から人がやってくる。

「白兎。木簡だよ。また左大臣から」

典薬寮へは、さまざまな木簡が届けられる。

薬種を取り扱うので病を診てほしいという依頼が多かったが、時たまは呪禁博士や医博士など、人を従える職に就く者への出頭命令も届いた。

「ありがとう」

白兎は愛想よく木簡を受けとってから、手元に視線を落とした。

「左大臣？　またって、よく呼ばれるの？」

「多いね。ここ数日は」

「そうだっけ？　わたしは見なかった気がするけど――」

見極めがはじまってから七日のあいだ、来客の番をしていたのは緋鳥だった。

仕事の依頼を含めて、典薬寮に届くすべての木簡を手に取ったが、左大臣のもとから届いた木簡はなかったはずだ。

「ちょうど緋鳥が番を離れてから――緋鳥が宝物殿にいってからだね。ほとんど毎日呼ばれているよ」

「そんなに？　左大臣がなんのご用で――あっ」

昨日の夜、緋鳥へ剣を向けようとした男たちが「大臣が――」と話していた。

鳳凰京で大臣といえば、右大臣と、左大臣の二人だ。

「あの――昨日の夜に会った連中が、師匠のことも捜していたよ。呪禁博士の居場所がわからないって」

「うん。蘭丈からきいたよ」

白兎は、考えるそぶりをした。

「でも、私はここにいるわけだし、私に会いたいならここにくればいいよね。呼ばれたら出向くわけだし。ふしぎだよね。本当に私を捜しているのかな？――緋鳥、ちょっと」

そこまで話すと、白兎は緋鳥をつれて奥へ向かった。

小さな書庫があって、記録用の木簡がうずたかく積まれている。

人の目から遠ざかるように薄暗い隙間に入ると、「ここだけの話だよ？」と白兎は声をひそめた。

「さっきの話だけど、私を呼びだした左大臣は、なぜだか呪禁師の粗探しをしておられるんだ」

「粗探し？」

「うん。なにかの罪をなすりつける相手を探しておられる――と、私は思う。たとえば、緋鳥に」

「わたし？」

「うん」と、白兎は目を伏せた。

「宝物殿の薬種の検めについては、私から『異常なし』と報告しておいた。気にかかることはあれど、内薬司のほうで異常なしとおっしゃっておられるので、半年後におこなわれるつぎの検めにて明らかにいたします、と。つぎに役にあたるのは、私だから」

　宝物殿の薬種検めはそれぞれの専門職によって年に二度ずつおこなわれるが、そのうち一度は白兎が必ずおこなうことになっている。

　呪禁師の長にあたる白兎の検めは、当然ながら、緋鳥や昆たちがおこなう検めよりもたしかなものとされる。

　その結果をもって、その年の呪禁師からの報告とするのがきまりだった。

「どうやら左大臣は、緋鳥が毒について妙な真似をしていると耳になさったらしい。宝物殿での検め中にぶつぶつ小声で話していたとか、図書寮で使い方を調べているとか――それはどういうわけだと、何度もお尋ねになるんだ」

　緋鳥の背に、たらりと汗が落ちた。

　毒薬を至高の男前になぞらえて興奮したあまり、そういえば毒薬に触れながら独り言をもらしてしまった――。

検めを監視していた役人にも、きかれてしまったはずだ。

「あれは、その……」

「おかしいよね。どうして左大臣は、緋鳥が図書寮へ出かけたことまでご存じなんだろうか？ 緋鳥が竜葛（りゅうかつ）について調べていたと知っている人すら、そういないのに。だから私は、内薬司の侍医が、緋鳥のことを左大臣へお話しになったのではと、疑っている」

「あ――」

図書寮は、内薬司と同じく中務省にある。

緋鳥が竜葛のことを話した相手は、白兎と、昆と、内薬司の侍医だけだ。

しかも、侍医はなにかを知っているふうだった。

「言葉でそういわれたわけではないが、左大臣にはなにかうしろめたいことがあって、それを緋鳥や、呪禁師にかかわる誰かのせいにしたがっているのでは、と」

「うしろめたいことって？」

「思いあたることは、いろいろあるじゃない。たとえば、竜葛がなくなっていることを左大臣はもとからご存じだった、とか。毒を誰かに飲ませよと命じたことがある、とか」

「あっ」

宝物殿から消えた、竜葛という毒薬があった。

おかしい、誰かが勝手に使っているのかも――と緋鳥は調べていたのだが、白兎から

「目をつけられると困るよ」と釘をさされたのだった。

「だから、この数日のあいだにあの毒がかかわるなにかが起きたんじゃないかなって。とはいえ、そんなものを試験に使ってしまったのは私なわけだ。緋鳥を巻きこんだのは私だよ」

だから責任を感じているんだ、ごめんね――と、白兎は詫びた。

「なにが起きているのかは、私が追う。だから、しばらくおとなしくしていなさい。いいかい？　つねに持禁して、無事でいなさい。無事でさえいれば必ず助けにいくから。私がそばにいない時は、必ずだよ」

(左大臣といえば、宝物殿の最高管理者――なるほど)

最高管理者ならば出入りくらいいつでもできるし、左大臣ほどの地位があれば、侍医や宝物殿の役人への口止めもたやすいだろう。

(毒薬を盗ませたのが左大臣ってこと？　でも、左大臣がどうして毒薬を――)

頭の中のもやもやがとまらない。

退朝鼓が鳴ると、緋鳥は典薬寮を出ることにした。

「ごめんなさい、調子が悪くて。帰るね」

昆や先達の呪禁師に断ったけれど、拒む人はいなかった。

「昨日は蘭丈と夜回りだったんだろ？　よく朝からいたよな。帰って休め」

「——ありがとう」

うまく働けないのは悔しいが、みんなの邪魔になるよりはましだ。

帰ると決めたなら、帰る。

さっさと典薬寮を出ると、緋鳥は官衙を抜けて、家のある南ノ京へ向かった。

歩きながらも、考え事はとまらなかった。

(宝物殿の役人とあの侍医は、たぶんつながってる。左大臣も。つまり、竜葛がなくなっていることを知ってる人たち——ううん、なくなっていることがばれると困る人たちだ。それで、竜葛を盗んだ犯人を呪禁師の誰かにしようとしてる——それが、わたしか。なるほど)

自分で認めるのもなんだが、いちばん手っ取り早いだろう。

呪禁師になる見極めに受かったとはいえ、緋鳥は新参で、いなくなって困るような手練でもない。薬の検めに宝物殿にも入った。竜葛がなくなったと騒いでいた。

冤罪だろうが、でっちあげる証拠は揃っているのだ。

恐ろしいことに、位の高い人がそういえば、そうなるのだ。

(そんな罪を負わされたら、死刑で済むのかな——)

左大臣が毒を使おうとした相手にもよるだろうが、大罪になるのは間違いない。

隠れていろ、という白兎と蘭丈の言い分も理解した。

遅刻や欠勤が増えて呪禁師の役を解かれようが、冤罪で殺されるよりはましだ。つかまったら「誰に命じられたのだ！」と拷問を受けるかもしれないし、そんなことになろうものなら、勘違いですといったところできいてもらえないだろう。

でも、とんでもない迷惑だ。不運すぎる。

（じゃあ、昨日の人たちも左大臣の手下？　どうせ殺すなら、よけいなことを喋（しゃべ）る前に殺してしまおうっていうことだろうか）

死んでしまえば、どのようにでも罪を着せられるだろう。

真実は闇の中だ。都合のよい嘘で塗りかためて、好きにできるのだから。

（気が滅入（めい）る……気に食わないことがあっても見ないふりをしたらいいんだって、昆なら、思うよなあ）

厄介ごとにはかかわりたくないと言い切った兄弟子の気持ちも、わかる気がした。いまさらだが。

退朝鼓が鳴り、帰ってもよい時間のはずだが、帰り支度をしている人はほとんどいなかった。白鳳宮を出た先の大路も閑散としている。

ただ、ぽっ、ぽっと青白い光が灯（とも）っている。

白兎から〈目〉をもらってから時たま見える、星のようにまたたく青白い光だ。

夜にしか見えない光と思いきや、昼間にも灯っているようだ。

周りが明るいので、あるなぁと感じるだけでほとんど見えなかったが。

(蘭丈と夜の都を歩いた時に見えた光だ。鳳凰に会いにいった帰りにも見えたっけ)

ぽっ、ぽっとまたたくその光は、家や市など、人がいるところに見えることが多かった。

いまも、うしろのほうで青白い光がぽっとまたたいている。

振り返ると、大路の彼方にひとつ光っていて、緋鳥の後を追うように動いていた。

(誰かがいるのかな。同じ方向にいく人なら、ご近所さんかな)

でも、違うようだ。

背後でぽっとかがやいた青白い光は、あまりいい雰囲気ではなかった。

どちらかといえば怒っていたり、恨んでいたり、嘆いていたりと、ぴりりと痺れそうな気配がある。

それに、緋鳥を追ってきていた。

つかず離れずの距離を保って、しだいに間合いをつめてきている。

やってくる人は、緋鳥の背中や頭のうしろをじっと見つめていた。

こちらの様子をうかがうようであり、襲いかかる時を狙うようでもあった。

(狙われてる? 誰だろう――この前、矢を射た人かな。前はよけられたけど、運が悪かったら串刺しにされてた)

白兎の明るい声がふいに蘇る。

『はい、気をつけて。持禁持禁』

ついさっき、もっと心に染み入る言い方をされたはずだが、思いだすのは、なんとも緊張感がなくなるいつもの口調のほうだ。でも、気は張った。

（そのとおりだ。持禁を）

背後からの視線に気づいていないふりをして、緋鳥は歩き続けた。

ふと、鉄がすり合うような音をかすかにきいた。

背後の低い位置で、人でいえば腰のあたりから鳴った。

（剣かな。昨日会った人のうちの誰か？）

緋鳥を追ってくる人は、どうやら剣を佩（は）いている。

刃（やいば）が届くところまできたら、抜刀して振るう気なのだ。

（いいよ。こい。誰だ、見てやる）

襲われるのを待つ怖さより、正体を知りたい気持ちが勝（まさ）った。

しだいに緋鳥と、追いかけてくる誰かの足音が重なりはじめる。うしろを歩く人が、それだけ緋鳥に近づいていた。

くる。いまにくる——。

殺気も、青白い光が放つぴりりとした痺れも、振り返らなくてもじんじんと感じる。

はっと、うしろの人が息を吸った。柄（つか）を握りしめたような金音と衣が擦れる音も鳴る。

その人は緋鳥を殺そうと剣に手をかけ、抜いて構え、刺した。

背中から勢いよく突かれた刃の切っ先が、緋鳥の胴を貫いて腹の側から突きでた。

普通の人なら死ぬ。でも、緋鳥は平気だった。

呪禁師がおこなう持禁は、結界を操り、身体を硬くして刃や火の害を防ぐ守りの術だ。

でも、どういうわけか緋鳥は持禁に卓越していて、刃に貫かれても火に炙(あぶ)られても平気だった。早々に才覚を見抜いた白兎は、「すごいよね。だから、うちの子にしたんだよ」と笑ったものだ。

緋鳥の手が、腹から飛びでた刃の先を握る。

振り向くと、うしろにいたのは若い男だった。

知らない顔だったが、衣を見ればどこぞの貴族だとわかる。

命を奪ったはずの娘が、悲鳴も呻(うめ)き声もあげずに平然と振り向いたのだ。襲ったくせに男は怯(おび)えて、剣を抜き去ろうと引いた。

でも、刃の先は緋鳥が握りしめている。おかげで、抜こうとしても剣は抜けない。

青ざめた男の顔に向かって、緋鳥は睨(にら)んだ。

「なにしてくれるんだよ」

男は小さく悲鳴をあげて、とうとう剣から手を放して尻(しり)もちをついた。

男の手が離れてぶらんとさがった柄のあたりに手をまわして、緋鳥は自分の手で、背後から刺さった剣を抜いた。

刃をつかんで、地面にたたきつけた。「うらああ」と男のように雄たけびもあげた。

間違いなく剣は緋鳥の胴を刺し貫いたが、血は流れず、傷ひとつつかなかった。

刺さっていたあいだだけ緋鳥の身体が粘土に変わったように、剣は衣にすら傷をつけられなかった。

尻もちをついた男はがたがた震えた。なにしろ、殺そうとしたはずの娘が、刺したはずの剣をみずから抜いて、おどかしてくるのだ。

緋鳥に襲いかかったのは、二十歳くらいの若者だった。

鼻筋のとおった整った顔をしていて、衣もきっちり身に着けており、まじめそうだ。

将来有望な貴族の御曹司、というところか。

仁王立ちになってずいと見下ろしてやると、男は悔しそうに顔をゆがめた。

情けない恰好になっていたが、けっして屈さぬぞと歯を食いしばるふうだ。

ふうん、と緋鳥は笑った。

「おまえの顔、覚えたからね」

とうとう男は、化け物を見るような目をした。

たしかにいまのは、怨霊が祟る時にいうような台詞だった。

その時だ。

「玄継さまをお守りしろ、囲め」

ぽっぽっと、青白い光が通りに輪をつくっていた。

五人、いや、十人はいる。

通りにぽつんと立った緋鳥を一網打尽にするような、人の輪ができていた。

張りのあるまじめな声が命じた。

「この者に刃は効かない。槍の柄でおさえこめ」

緋鳥が剣をたたきつけてやった若者が起きあがり、指揮をとっていた。

緋鳥が睨むと、若者は一度ぞくりと震えあがるように身震いしたが、姿勢をただした。

化け物に挑みかかろうと、懸命に気を奮い立たせるようだった。

「捕らえよ。油断はするな。なにをするかわからない呪禁師の女だ。槍で囲んで邸へつれていけ」

若者は私兵を十人ほど引き連れていた。

私兵たちが緋鳥を見る目も、人ではなく化け物を見るようだ。

手加減もされなかった。槍の柄がほうぼうから緋鳥にぶち当たる。

囲むというより棒叩きの刑にあうようで、打たれるたびに息がとまった。

とまった息をどうにかしないと倒れてしまう——と必死で息をするが、その時にはまた別の私兵の槍に打たれている。

(待ってよ。痛いよ)

慌てて持禁をしたが、持禁というのは、刃や火、毒や怨霊にはめっぽう強いが、打撃にはまあまあの術だ。

槍の柄が相手では、身体を硬くして難を遠ざけるのが精一杯だった。

よってたかって乱暴をされる恐怖もなくなりはしない。

厄介なことに、刺しても死なない恐ろしい化け物と思われているので、おとなしくなっても手加減をされることもなかった。

「いまのうちだ。つれていけ」

積み荷を引っ張るように連行された。どこを通ったのかは覚えていられなかったが、鳳凰京の北側、貴族の邸が集まるあたりに向かっていた。

はじめに打たれた肩や背中がじんじん痛んで、歩くのもつらい。

（しくじった――。痛い。痛いっていう感覚も久しぶりだけど）

はじめから持禁をしておけば痛みは感じなかったはずだが、ちょうど難をひとつはねのけたところで、うっかり油断していた。

呪禁生は棒術もすこしかじるので、そこらの娘よりは武術の心得もあるが、身体は娘だ。緋鳥を襲った私兵たちとくらべれば、胴回りも半分ほどしかない。

これだけ体格差があれば、普通なら、いくら悪党相手と思い込んでいたとしてもすこしくらい手加減されるものだが――。

（呪禁師になるって、たいへんなんだなあ……）

白兎も前に話していたが、思い知った。

呪禁師というのは、娘扱いはおろか、人扱いもしてもらえない生業なのだ。

つれていかれた先は、貴族の邸だった。

貴族の邸に縁がないのでさほど詳しくないが、位が高いほうから数えて十番のうちには入っているだろう、鳳凰京屈指の豪邸だ。

庭の隅を歩かされながら、緋鳥は天鳥山の頂から眺めた鳳凰京を思いだした。

(ここまで広いなら、左大臣の邸か右大臣の邸のどちらかだね。左大臣がわたしに罪を着せたがっているなら、左大臣邸？　大后の別邸の方角にはいかなかったはずだけど)

「入れ」

剣で脅されて押しこめられたのは、木製の檻だった。

庭に置かれていて、人々の目に晒される場所にある。

見世物にされる気分で、はっきりいって屈辱的だ。

檻へ籠められてからは、私兵を率いていた若者が姿勢よく土に膝をついて、緋鳥を覗きこんでくる。

「若い娘なのだな——。尋ねておくが、おれの剣を受けたのはまことにおまえか？　もしや、呪禁師が恐ろしい技を使ってまったく別の娘と入れ替わっていたとしたら——そうだったら、どう詫びてよいのか。おれをくだした女はもっと恐ろしい顔をしていた気がするのだ。そう、まるで化け物のような——」

恐ろしい顔をした化け物のような女、本人である。

このやろう、と緋鳥の頬がひきつった。

(『お会いしたことなどございませぬ。なんというひどいまねを──』って泣き真似でもしてやったら、こいつはどんな顔をするんだろう?)

とは思ったが、悲しいことに、緋鳥はそう器用ではなかった。

「あのですね、恐ろしい顔って──こっちはいきなり刺されたんです。怒るでしょう、普通。それで、一人じゃかなわなかったから大勢に襲わせたんですか? じゅうぶん詫びるべきだと思いますが」

正面から啖呵を切ると、若者はすこしほっとした顔を見せた。

罵られたことよりも、人違いでなかったことに安堵したらしい。

「もうしわけないと思っている。だが、殺そうとしても死ななかったおまえが悪いのだ」

「はあ?」

いまのは、怒っていいところだろうか。

いっそのこと化け物のふりをして、檻ごしにつかみかかってやろうか?

腰をあげかけるが、身が凍るような言葉をきいた。

若者は姿勢よく立ちあがり、部下を叱りつけた。

「典薬寮へ呼びにいかせた呪禁博士はまだか」

「呪禁博士?」

白兎のことだ。

「ねえ、ちょっと」

目をまるくして檻にしがみつくが、若者はすでに檻に背を向けて去っていく。

「なにをするかわからぬ奴らだ。呪術に敏い者たち、しっかと見張れ」

緋鳥を閉じこめた檻は、庭の真ん中に置かれていた。見世物にされていると思ったが、状況はどうやらさらに悪くて、庭の端には目つきの鋭い男が数人立っていた。

出仕用の朝服姿ではなかったので衣装から何者かと判じることは難しかったが、正体はなんとなくわかった。

呪術には流派のようなものがある。

呪禁師は大陸から伝わった道教を主な教えとするが、同じく大陸から伝わった陰陽術をもちいて託宣をおこなう陰陽師という人たちも、鳳凰京にはいた。

庭にいた男からは、古来の神に祈る神祇官の禰宜の気配がした。

もしも緋鳥が妙な真似をしたら、その者の技で封じ込めようというのだ。

(ううん——わたしじゃない。この人たちが狙っている相手は、師匠だ)

きっと緋鳥は、白兎という呪禁博士を呼びだすために捕らわれただけだ。

いや、白兎を呼びだせるなら、死体でも良かったはずだ。

緋鳥を捕らえさせた男は、緋鳥を殺そうとしたのだから。刃が効かないとわかったから閉じこめられているだけで、いつ殺されてもおかしくなかった。

太陽の光がかたむいて、夕暮れが近づいてきても、緋鳥は檻の中にいた。

時々庭の外側が騒がしくなり、緋鳥を檻に閉じこめた若者が「なに？」と大声を出す姿を何度か目にしたが、忙しいようで、檻の中の緋鳥はほうっておかれた。

（玄継さまって呼ばれていたっけ。どこの玄継だろう）

檻越しにしか様子がわからないが、緋鳥がつれてこられた邸はかなり立派だ。

広い庭があり、池があり、朱塗りの橋が架かっていて、水辺には東屋（あずまや）も見える。

（優雅だこと。水辺を眺めながらくつろぐのかな。歌だっけ——雅（みやび）やかで怠けた遊びをするために。ばかみたい）

日が暮れかけたころだ。

玄継という男が、くたびれきって緋鳥のもとへ戻ってきた。

「なあ、呪禁師。教えてくれ。おまえの主（あるじ）はどこへいったのだ」

玄継はいくらか腰を低くして尋ねたが、緋鳥はまだ檻の中にいる。

「人に頼みごとをしたいなら、まず考えるべきことがございませんかね？」

苛立（いらだ）ちがおさまらずに緋鳥は文句をいったけれど、それ以上は懸命に耐えた。

（この人たちの狙いはわたしじゃない。師匠だ……）

そう思えば、心のままに暴れるわけにはいかなかった。

なにかを誤れば、難が降りかかる相手は白兎かもしれないのだから。

檻の中で、緋鳥は渋々と座りなおした。

言葉遣いも、典薬寮の官人らしく正した。

「まずは教えてもらえませんか。あなたはどなたですか。どうしてわたしを襲って、閉じこめたのでしょうか。このようにされる理由がさっぱりわからないのですが」

話をする姿勢を見せたせいか。

檻の向こう側で玄継もあぐらをかきなおし、背筋をのばした。

「ならば、名乗ろう。おれは、萩峰玄継という」

(萩峰？　ということは——)

萩峰氏は、鳳凰京で大きな力をふるう豪族だ。

帝の後継問題で鳳凰京の貴族を真っ二つにしている一派で、力を強めていく萩峰氏は、その躍進をよく思わない古くからの皇族派と争っている。

(ということは、ここは右大臣邸？　そうじゃないとしても、萩峰氏の誰かの邸だね)

庭のそばに館がひとつ建っていたが、奥にもひとつふたつと大きな屋根が覗いている。

かなり広い邸の中にいるはずだが、萩峰氏にかかわるならば豪奢さにも納得がいく。

「では、玄継さま。呪禁博士なら、いつもどおりに典薬寮にいると思います。逃げたり隠れたりすることはなにひとつやっていませんから。ただ、呪禁博士の手を借りたい人は鳳凰京に大勢おられますから、典薬寮を留守にすることもあると——」

今朝も白兎は、左大臣邸へ呼ばれていた。

(左大臣に呼ばれているっていうことは、いわないほうがいいよね)

右大臣と左大臣は宿敵同士だ。言葉尻だけをとられてもしものことが起きれば――。

玄継は気難しい顔になった。

「いや、呪禁博士は、典薬寮にいるにはいたのだ。それで、さきほどここへ出頭させた」

「師匠が、ここに」

姿が見られなくても、白兎が近くにいたと思うだけで、緋鳥はほっと息をついた。

「だが、おれの知っている呪禁博士とは別人だったのだ」

「――別人？」

「それで、いま宮内卿を呼び寄せている。典薬寮をつかさどる男だ。出頭させた呪禁博士が本物なのかどうか、おれたちには判ずることができんのだ」

「はあ？」


夜がきた。優美な庭がやがて闇に沈み、あたりを包みこむ虫の声が真夜中を好む虫のものにかわっていく。

緋鳥を見張っていた禰宜らしき男も、草の上にしゃがみこんで居眠りをはじめた。

真顔をして精神統一でもするふりをしていたが、緋鳥も呪禁師の端くれなので、自分を狙っていた気配がさっぱり消えているのには気づいた。そいつはこっそり寝ていた。

庭の端あたりから、人の声がしはじめる。

館から外に出てきた人たちの目が檻を向いたこともわかった。

(なんだろう。――持禁を)

また刺されたり、ぶたれたりしたらたまったものではない。

いまでさえ、思い切り打ち据えられた背中がじんじん痛むというのに。

しかも、緋鳥は小さな木の檻に閉じこめられている。逃げ場もないのだ。

身体中に力をみなぎらせて身構えているうちに、庭の土を踏む足音が近づいてくる。

やってきて、檻に手をかけたのは、白兎だった。

月光を背にして、檻の中でうずくまる緋鳥を見下ろすと、白兎は笑った。

「話をつけてきたよ。よく耐えたね」

「――」

白兎はすらりと背が高い。

柔和な笑みを浮かべているが、どことなく夜の生き物の気配を帯びる人だった。

やがて、檻を封じていた縄が解かれて、戸が開いた。

小さな隙間をくぐるのに、緋鳥は手のひらを土につけてよたよたと這った。

檻の外に出て、ひさしぶりに立ちあがるものの、長いあいだ狭い檻の中でしゃがみこんでいたせいか、膝の動きが鈍い。立ちあがるなり、緋鳥はふらついてしまった。

「大丈夫？」

それを支えたのは白兎の手だった。胴に回った手が、緋鳥を力強く持ちあげた。

緋鳥がふらつかなくなると手は離れたものの、その後もしばらく、緋鳥の胴の支えられたあたりは、白兎の手の力強さを覚えていた。

話をつけたと白兎はいったが、いったいどういう話になったのか。

玄継もその部下も庭に出ていたが、誰ひとりとして、一言も話さなかった。きこえてくる物音といえば、虫の声と、池の魚が時おりぽしゃんとはねる時の水音くらいだ。

白兎は玄継たちの前で一度足をとめ、「それでは、また」と頭をさげた。

邸の門をくぐって通りに出ると、夜風がびゅうと吹く。

檻やら館やら、遮るものが多かった邸の中と外では、風の吹き方がまるで違っていた。

心地のよい涼しさで、緋鳥はようやくすうっと息を吸って、吐いた。

立ちどまって息を整えるのを、白兎も無言のうちに待っていた。

「平気？——ちょっと、硬いかな」

白兎はしばらく緋鳥を心配そうに見下ろしていたけれど、そういうなり白兎の両手が緋鳥の頰にのびてきて、両頰をぎゅっと引っ張った。

いったいなにを——と、緋鳥が面食らってもおかまいなしだ。

白兎は唇が真横にのびるくらい緋鳥の頰を引っ張って、手遊びをするようにぐにぐにといじった。

「ほら、硬い硬い。笑ってみようか。もうすこし落ちつこう」

白兎はいつもどおりで、ふざけているのか本気なのかがいまいちわからない。

相変わらずの調子で、緋鳥の頬を幼い子どもをあやすようにいじった。

なぜ頬を引っ張られなくちゃいけないんだ。しかも、力が強いので、地味に痛い。

でも、その痛みに現実に戻されるようだ。——もう大丈夫だよ、落ちつきなさい、と。

されるがままになりながら、緋鳥の目にはじわじわと涙がたまった。

見知らぬ男どもに力ずくで囲まれた恐ろしい時間は終わったのだ。

もう白兎がそばにいるのだ。そう思うと——。

(やっと、終わった——)

うっと嗚咽がこみあげたのと同時に、緋鳥はしがみついた。

両腕を白兎の背中にまわして抱きつくなり、しめあげるような強さで腕に力をこめた。

「————」

息をとめるようにして涙をこらえる緋鳥を、白兎はそうっと抱きとめた。

「もう大丈夫。おつかれさま」と、背中をぽんぽんとなでた。

「無事でさえいれば必ず助けにいくって、いったでしょ?」

泣きそうになったのを隠そうと顔を思い切り衣に押しつけたせいで、耳周りも白兎の腕に囲まれることになり、声や物音は多少くぐもってきこえる。

ぎゅうぎゅうと締めつけているのに、白兎はいつもどおりだった。

白兎がもうここにいる——と思えば、幼いころの記憶までがぶわっと蘇って、緋鳥はさらに泣きたくなった。

白兎は、もうだめだと思った時に、なぜか目の前にいる人だった。

そういう時でも、「もう大丈夫」とのんびり笑うのだ。

おかげで頬も目元もかっと熱くなって、ますます白兎の胸元に目を押しつけた。

「化け物扱いをされた。化け物なんかじゃなくて、人なのに――」

「――そうだね」

「刺されても死なないのが悪いって、さっきの人がいってた。そんなことがあるわけないよ。呪禁師は人だよ」

「そうだね」

「わたしは呪禁の稽古を一生懸命やってるだけだよ。それのなにが悪いの」

涙をこらえるかわりに声を放つしかなくて、文句をいった。

白兎はいちいち「そのとおり。よくがんばった」と相槌をうつ。

(大丈夫、もう大丈夫――)

白兎がいった言葉を、懸命に胸で繰り返した。

助けてもらうのも、守られるのも嬉しいことだ。

でも、助けられっぱなしや守られっぱなしの自分のことは好きではなかった。

早くなんでもないふりをして、いまの情けない自分から抜けだしてしまわないと――。

白兎は、緋鳥を抱きとめながら背中をさすっていたけれど、いたく感動した。

「緋鳥がこんなふうに抱きついてくるなんて――。十歳の時に蛾の大群に襲われた以来だよ」

蟲(むし)を使う稽古をした時のことだ。

蛾を使役するつもりがまったくいうことをきいてくれず、それどころか混乱状態になって、数十匹もの蛾が緋鳥の顔やら身体やらめがけて飛んでくるという、恐ろしい事態になった。

白兎は思い出に浸りはじめたが、緋鳥の涙は跡形もなく引いてしまった。

「いやなことを思いださせないでよ――」

それ以来、蛾は苦手だ。


「三日間の猶予をもらったんだよ」と、夜の大路を歩きながら、白兎は話した。

「左大臣のところから戻ってきたら、緋鳥が萩峰氏のところにつれていかれたってきいてね。私も呼びだされていて、出向いてみたものの、呼んだのは私じゃないっていわれるんだよ。へんだよね」

「それ、玄継っていう人もいってた」

緋鳥が相槌をうつと、白兎はうなずいた。

「萩峰玄継――右大臣の息子だね。役職に就くにはまだ若いから、綾皇子(あやのみこ)の舎人(とねり)をつとめているらしい」

「綾皇子？」

「帝と萩峰氏の姫とのあいだに生まれた御子だ。左大臣寄りの内親王と、皇太子の座を争っておられるお方だよ」

鳳凰京で力をほしいままにする萩峰氏は、一族の姫が生んだ皇子を皇太子に推している。その皇子が皇太子になり、いずれ帝になれば、力がさらに大きくなるからだ。

その皇子の名が綾皇子だった。萩峰氏が掲げる権力の御旗だ。

「内密にしてくれという話だから、ほかにはいわないでね。――じつは、綾皇子に毒を盛った奴がいたらしいんだよ」

「毒って、まさか――」

息をのんだ緋鳥を「しっ」と指で窘めつつ、白兎はうなずいた。

「竜葛だろうね、きっと」

「――やっぱり！」

緋鳥は拳にぐっと力をこめた。

宝物殿から消えたのも、竜葛という毒だった。

ばらばらに散らばっていたものが、じわじわとつながりはじめた。

「しかも」と、白兎はため息をついた。

「その毒をもってきたのが、私だというんだ」

「えっ」

「綾皇子のもとに呪禁博士の白兎を名乗る者が現れて、薬と偽って置いていったそうだ。見張っていたものの行方知れずになったので、住まいを探し回って、官衙も毎日見張ったらしいが、その者はいない。とうとう我慢ならずに、騒ぎになるのを承知で私を呼び出したそうだ。でも、綾皇子の病を診た呪禁博士は、私とは別人だったというんだよ」

「玄継っていう人も、そんなことをいってた。だから、宮内卿も呼んだって――」

「そう。宮内卿に、私が本物だと証してもらったんだ。いやあ、偽者が顔まで似せてこなくてよかったよ。緋鳥のほうは、密告文が届いたらしいよ」

「密告文？」

「宝物殿から竜葛が消えてる。盗んだのは呪禁師の緋鳥だって」

「えぇえ？」

「ほら、緋鳥はこの前、宝物殿に入ったでしょ。名前や所属を書いたりするじゃない」

「あ、うん。書いたけど……」

「きっと、あれを盗み見されたんだろうね。そうじゃなくちゃ、文に『呪禁師の緋鳥』って書かれるのはおかしいよね。だって、緋鳥が呪禁師になったのは昨日だし。あちらさんはいろいろいっていたけど、おっしゃることには無理がありますよと、話してきたんだよ。で、お解き放ちってわけだ」

「なるほど、はあ、密告文か……」

力が抜けて、肩を落とした。

「わたしが綾皇子の毒殺にかかわったって思われたってことか。でも、どうしてわたしが——わたしがそんなものに興味がありそうに見える？」

「目立つからじゃない？　竜葛のことを騒いでいたのは緋鳥だけだったしね。だから、目をつけられないようにっていったんだよ」

白兎は苦笑したが、緋鳥にも言い分はあった。

「だって、こんな目にあうと思う？」

二人でつれだって歩きながら、白兎は南の方角へ向かった。

市場を通りすぎ、家へと向かう通りもすぎた。

もうまもなく南の端にたどりついて、京城の羅城門にさしかかる。

羅城門はかたく閉ざされ、衛士に守られていた。

鳳凰京の門は夜のあいだ閉まるので、京外へ出るには門番をつとめる衛士に話して了承を得なければいけないのだが、白兎の足はまっすぐにその門へ向かった。

「典薬寮の呪禁師です。所用にて」

衛士が開けた門をくぐって、白兎は京の外へ出ようとした。

「どこへいくの？　それに、三日間の猶予って——」

「謹慎だよ、弟子よ」

「謹慎？」

「萩峰氏はまだ緋鳥を、綾皇子を狙う犯人の一人だと疑っているんだ。だから、これから萩峰氏の別邸に向かう」

「別邸って――そこで謹慎するの？」

「檻よりもいいでしょ？　貴族の邸だからきっといい暮らしができるよ。せっかくだから豪遊すればいいよ」

「そうだけど――」

たぶん、白兎がとりなしてくれた結果なのだろう。

へたをすれば、その三日もあの小さな檻の中で過ごす羽目になっていたかもしれない。

それは、ご勘弁願いたい。半日いただけで、身体中の骨が悲鳴をあげている。

「つまり、貴族のわがままだよね。つきあうしかないのか。はぁ」

あきらめて、ため息をついたところだ。

白兎の手がすっとさしだされた。手の中にあったのは、小さな木片。

「お守りだよ」

白兎は微笑んでいうが、緋鳥の目は点になる。

白兎がさしだしたものは、お守りというには少々おっかない見かけをしていたのだ。

人の形に削られていて、木の面には人の顔を表すように目と鼻、口らしきものが墨で描かれている。

つい最近、似たものを見た。夜中の鳳凰京で蘭丈が祓った、もののけがとり憑いていた呪符――都で大流行中の厭魅という呪術に使われる呪いの道具だった。

「お守りって？」

どう見ても、呪術の道具なのだが。

「その、呪符の間違いじゃなくて？」

白兎は「えっ」と木の人形を覗きこんだ。

「とんでもない。目も口もこんなにかわいいじゃない。念をこめておいたから、緋鳥を守るはずだよ」

「ええと」と、緋鳥は口ごもった。

白兎がさしだした人形に描かれた口の端はいくらか上がっていて、いわれてみれば笑っているように見える。人を呪う人形のように木釘が打たれているわけでもない。

でも、かわいいとは残念ながら感じなかった。もしくは、白兎の絵心が残念なのか。

「これを私だと思って、あと三日閉じこめられてきなさい。しっかり見張られて、善良な呪禁師だとわかってもらいなさい」

突っ込みどころが多すぎる。

腐っても、師匠であり養父だ。呪いの人形にしか見えないものを白兎と思いたくはなかったし、それに――。

「えっ、わたしだけ？　師匠はいかないの？」

萩峰氏に疑われたのは緋鳥だけではないはずだ。むしろ白兎のほうが、綾皇子のもとへ毒を運んだ偽の呪禁博士と間違われたはずだった。

「私はほら、宮内卿に身元を証してもらったから」

「でも、宮内卿はわたしのことも知っているでしょう？」

緋鳥はその人を激怒させたことがある。つい先日のことで、かなり怒っていたので、緋鳥のことも間違いなく覚えているはずだ。

「残念だったね。宮内卿が、緋鳥を知らないといったんだ」

「そんなはずはないよ。だって、ついこの前——」

「それどころか、官人になって日が浅ければ帝への忠誠も育っておらず悪心を起こしかねないと、右大臣の御曹司におっしゃったんだ」

「ええっ？」

「よほど宮内卿は、あの時のことを根に持っておられるのかもしれないね。まあ、人というのは事実だけじゃ動かないっていうことだよ」

つまり、こういうことだ。

緋鳥は、処世術がいかに大事かということを思い知らされているのだ。

「ひどい。汚い」

「身分社会ではね、波風をたてずに過ごすほうが楽ちんなんだよ。緋鳥もね、これに懲りてだね——」

「懲りる？　どうして。おじさんになってまで子どもみたいな仕返しをする人に、へりくだる気なんか——謹慎くらいしてやるっていうのよ！」

渋々と受け入れかけたものの、緋鳥はくわっと口をあけた。

「待って、これも呪禁師の仕事に入る？　明日もあさってもそのつぎも出仕の日じゃない。勝手に休んでしまうことにならない？」

官人の休みは学生以上に厳しくさだめられている。

典薬寮では、休みは六日に一度。

三日も続けて出仕できないとなると、ひどい欠勤になってしまうはずだ。

「仕事熱心だね。感心するよ」

白兎はやれやれと肩をすくめた。

「その根性を称えて、そのあたりは評定を上げておくよ。ただ、明日とあさってとそのつぎは緋鳥がずる休みをすることになるね。このことは口外するなと仰せなんだ」

「ずる休みって、だって」

家に帰る途中に襲われて、問答無用でつれていかれて、閉じこめられていたのだ。

檻から出られたものの、あと三日、相手の都合のいい場所で見張らせてやることになっただけだ。

「わたしのせいじゃないよ。萩峰のなんとかって奴が――」

「休みは休みだよ。記録の上ではそうするしかないんだ。だから緋鳥は、呪禁師になって早々に、三日間の欠勤をしてしまうことになる」

「気が遠のきそう……」

「あきらめてのんびりすればいいよ。あとで巻き返せばいいんだし。官人の出仕日数は一年ごとに数えるから、落ち着いた後で休みなしで働けばいいんだよ」

緋鳥は青ざめた。

「巻き返すって、そういうこと？　休みなしって、いったい何日働けば――」

「もともとの休みが六日に一度で、明日から休んでしまう三日分を取り戻すなら、ええと」

白兎が、指を折って数えはじめた。

「謹慎が明けてから十八日に亘って毎日出仕、ということになるのかな」

急に、現実をつきつけられた気分だ。

「十八日に亘って、毎日、休みなしで、働く――」

「いいほうに考えたほうがきっと楽しいよ？　たった三日の謹慎で幸運だったと思えるじゃない。一日増えるごとに休みなしで働く期間が六日ずつ増えるわけだから、謹慎の日数がもうすこし長かったら、もっとつらかったはずだよ」

「そこは、『かわいそうに。帳簿をごまかしておくよ』っていってくれてもいいところじゃないの？　だって、もとはといえば師匠の――」

緋鳥は睨んだが、白兎はいつもの調子だ。

「世の中、そんなに甘くないからなぁ。きまりだし」

「師匠の鬼！　侍医に薬を貸した時は帳簿をごまかすって話してたのに！」

「本来の出仕の日ではない日に働いてよいと、特別に認めているんだよ？　こんなに心優しい呪禁博士をつかまえて、なんてことをいうんだい。それに、そもそも鬼というのはね、人の死霊、それに帝（みかど）に従わない一族のことだよ。私は違うね」

白兎は、鬼とは——と講義をしたが、いまの緋鳥にとっては鬱陶（うっとう）しいものでしかなかった。

萩峰氏の別邸は、天鳥山の麓にあった。

近くに沼があって、狩りのための休み処として建てられたとかで、広くはないが、さすがは力ある貴族の邸。造りが豪奢だ。

ひろびろとしていて居心地もよいが、萩峰氏の舎人が順番に監視に訪れていて、緋鳥がなにかをしようものならじっと目を光らせてくる。

暇だった。

することがないからと、呪言を唱える稽古をおこなっては「妙な呪術をおこなって遠方より皇子のお命を奪おうとした」といわれるかもしれないし、霊符を描く稽古をしても「あやしいことをおこない皇子の身を呪って――」といわれるに違いなかった。

それに、緋鳥は衣の内側に、見られてはまずいものを隠していた。

白兎から渡されたお守りだが、素人が見れば呪いの道具でしかないのだ。

(師匠のばか。余計な真似を)

貴人の身の回りの世話をする舎人といえば、貴族の子息の見習い職の定番だ。

緋鳥を見張りにやってきた男たちも、ほとんどが貴族だろう。

いずれは役職を得て出世していくはずだが、そのためにまず世間とは、主従とは、礼儀作法とはうんたらかんたら——ということを、貴人に仕えながら学んでいるのだ。

家の財と権力にものをいわせた勉学と武芸の稽古も幼少から済ませているはずで、揃いも揃って剣や弓を難なく扱いそうな鍛えられた身体をしている。身のこなしもどことなく雅やかだ。

ただ、もののけやら怨霊やら呪禁師やらは苦手なようだ。

堂々としていればいいのに、緋鳥に対してはひどく怯えた。

「あの、喉が渇いたんだけど、水を飲んでもいいでしょうか」

すこしでも動くと「いったいなにをする気だ！」と青ざめて剣に手をかけようとするので、些細なことでも動く前に知らせるようになっていた。

持禁をしていれば刺されても平気とはいえ、他人から殺されかけるのはいい気がしないものである。

化け物を捕らえるようだった時とくらべれば待遇はよくなっていたが、化け物から、化け物使いに昇格したようなものだ。

人として扱われるのはまだ先のようだ。

人が遠い。早く人になりたい。

この男たちに打たれた背中も、時おりじんじんと痛む。

日が経てば痛みが和らぐと思いきや、けがに都合の悪い姿勢があって、運悪くその姿勢をとってしまうと、痛みが戻って悲鳴が漏れかける。

（あいたた……。すぐに持禁をしなかったら骨までいってたかも――。用があるなら話せばいいのに。なにも、ぶちのめすほど怯えなくても――呪禁師のことを知らないからか。はあ）

珍しいということは、難儀である。

そして、胸に忍ばせた人形を隠しとおそうと決意をあらたにした。

こんな物をもっているとばれてしまえば、品行方正で呪術になど縁のなさそうな貴族の子息たちは、真っ青になって阿鼻叫喚の様相を呈するに違いなかった。

（師匠のばか。あぁ、捨てたい……）


三日目の昼になると、萩峰玄継が現れた。

朝から見張り役をつとめていた舎人と「しずかなものです。ほとんど動きません」と交代の挨拶をしたのちに緋鳥のもとへやってくると、玄継はしみじみといった。

「呪禁師なのに、ふしぎな技を使わないのか。てっきり鳥にでも化けてひそかに出ていくのではと――」

「あのですね。わたしは化け物じゃありません。逃げなければいけないことも一切していません」

というより、鳥に化けるなど、そんな技がそもそもあるわけがないのだが。

玄継は、恐れ入ったというふうにうなずいた。

「なるほど、潔いのだな。呪禁師というのは思っていたよりも高潔なのだ」

「高潔？　そんなんじゃ――」

じっとしていたのは、いちいちびくびくされるのが面倒だったからだ。

それに、あまりにも暇すぎて、いろいろと考え事はめぐらせていた。

たとえば、呪い方だ。

（おとなしく見えるほうが波風を立てずに過ごせるらしいから気を遣っていただけで、こいつらのせいでひどい迷惑をこうむっているんだよね。せっかく昇進したっていうのにごたごたに巻きこんできて、絶対に許さないからね。真剣に呪術を学んでる呪禁師を舐めないでよね。腕によりをかけて呪ってやるから。さあて、どうやって呪おうか。ばれないように、どうしようかね――と考えていたなんて、いえるわけがないけど）

よけいなことは言うまいと、緋鳥は黙った。

「それがだな、いろいろと調べてみてわかったのだが――」

玄継は気まずそうにいい、緋鳥の真正面で両手を床につけて、頭をさげた。

「おまえは綾皇子に害を為そうとはしていなかった。おれたちが勘違いしていたらしい。こんな目にあわせてしまい、すまなかった！」

緋鳥は、目をしばたたかせた。

玄継は深々と土下座をしたが、まさか詫びられるとは思わなかった。

それに、なかなか見事な土下座っぷりだ。

こんなふうに誰かから頭を下げられたこともはじめてだった。

相手は貴族で、しかも右大臣の息子だというのに。

緋鳥のような庶民に頭を下げる貴族も、いないと思っていた。

「――その、勘違いだったと気づいてくれたんですか？」

「ああ。呪禁博士から話をきいてあちこち回ってみたが、おれたちが懸念していた件におまえはかかわりがなさそうだった。それなのに槍で打たせて、閉じこめるなど――萩峰の名を継ぐ男として恥じる行為だ。もうしわけなかった」

玄継は平伏したまま、なかなか頭をあげなかった。

もしや、「もういいですよ」と言わないかぎりあげない気なのか。

そう思ったけれど、「もういいですよ」とは言わないことにした。

放っておいたらいつまでこのままなんだろう――ちょっとした好奇心だ。

「そうですか――勘違いでつかまえたうえに、手加減もなく、よってたかって思いっきり打ってきましたよね。本当に痛かったんですよね」

「すまなかった……十人もつれて、相手はかよわいおやめだというのに。ますらおの恥だ」

玄継の額がますます低くなる。床に触れるほどで、まるで這うようだ。

——これは、面白い。

「いまも身体を動かすと痛くて、びりっと疼くんです。たぶん痣になっていますよ」

あえてぶつぶつと言ってやると、思ったとおり、玄継はますます肩を狭めて小さくなっていく。

「すまなかった。させてしまったけがは、どうかおれに面倒をみさせてくれ。まさに恥だ。父上になんといえばいいのか——」

緋鳥はぷっと噴きだした。いい気味だが、もうじゅうぶんだ。そろそろ許してやろう。

そうだ——と、緋鳥は思いついた。

身体をひねると痛いうえに、痛むのが背中なので自分ではたしかめられないが、けががどれくらいひどいのかと気になっていた。

いまも、笑った拍子に都合の悪い姿勢をとったようで、ひそかに悲鳴を呑んだところだ。

「それはそうと、すみませんが、背中がどうなっているのか見てくれませんか？　真っ青になっていると思うんですが」

玄継に背を向けて、衣の襟をぐいっとさげ、うなじのあたりから背中を覗けるようにしてやる。

玄継はそろそろと顔をあげたものの、真っ赤になって横を向いた。

「このように二人きりの館で乙女の柔肌を見ろというなど——大胆だな」

からかい甲斐があるというのを通りこして、玄継はなかなか意思の疎通が難しい男のようだ。

まじめすぎて頭がかたいというか、これまで緋鳥の周りにはいなかった類の男だった。

「──そういうつもりじゃありません」

呆れてじとっと見てやると、玄継はまた赤面している。

「えっ、違うのか。おれとしたことが──」

「いったいなにを考えてるんですか？　そっちのほうが恥ずかしいですよ。自分じゃ背中が見えなかったので、けがを診てほしかっただけです」

「しかし──」

玄継は懸命に目をそらして、ついには自分の目を手のひらで覆った。

「おまえこそ、その妖艶な恰好をやめてくれ。襟を戻せ。頼むから素肌を隠してくれ」

「妖艶な？」

座ったまま背中を向けて、振り返っているだけだ。

襟の結び目をほどいて、首のうしろが深くあくように着崩しはしたが、袍の下にも衣を着ているので、素肌を隠せといわれたものの、見せているのはうなじだけだ。

（色仕掛けにでも見えたのかな）

呪禁生が学ぶ道術には、房中術といって、男女の性を利用した養生術がふくまれる。

座学でひととおり学んでいるので、玄継が慌てはじめた理由は察したが、襟紐をほどいてうなじを見せただけだ。そこまで勘違いしなくてもいいだろうに。

(さすがは貴族。仕事が終わったら恋の歌を詠んでるんだっけ。頭の中が恋だらけなんだろうか)

忙しくしていればわかるが、恋に興じることができるのは、よほどの相手が見つかった時か、それなりにひまな時だ。

なにより、こっちはけがで痛い思いをしているのだ。

痛い思いをしているほうは色恋どころではないのだが。

というより、緋鳥のけがの元凶はこいつなのだが——このやろう。

(これだから、雅男（みやびお）という名の怠け者は——)

いわれたとおりに襟を戻してやりながら、緋鳥は姿勢をただした。

「わかりました。戻しましたから」

声をかけると、目を覆っていた玄継の手のひらがそろそろと離れていく。ほっと胸をなでおろした。

「気に障ったのならもうしわけありませんでした。忘れてください。わたしも、妙なことを考える人に頼みたくはありませんし。痛い思いをしたことも済んだことです。もういいですから、お互いに忘れましょう」

玄継の目が、感極まったというふうにきらきらとした。

「なんという潔い乙女だ」

詫びたり、悔やんだり、赤面したり、感動したり、玄継は忙しい男だった。

「あなたって、まじめで、いい人ですね」

そういうと、玄継は困惑したように笑った。

「ありがとう、と言っておくよ。そう悪くない男だと、おれも自負している」

玄継は育ちのいい好青年というふうで、話してみれば、感じのいい男だった。

はじめに会った時にも思ったが、玄継の顔は整っている。

身分も高いというし、恋で頭がぼけるくらいには娘たちからもてはやされそうだ。

（貴族っていやな人ばかりかと思っていたけど、こういう人もいるんだなぁ）

「あなたを見込んで、頼みがあるのですが」

すこし話してからそう言うと、玄継は頼もしくうなずいた。

「ああ、おれにできることならなんでも言ってくれ。おまえには負い目がある。しかし、背中を見ろというなら、すこし覚悟をつけさせてほしいのだが」

玄継の頬がまた赤くなる。

――いい人だが、面倒くさいな。

苦笑いしつつ、緋鳥は「違います」と即答した。

「教えてほしいのです。懸念していた件にわたしがかかわっていないとおっしゃいましたが、なにが起きていたのでしょうか。つまり、その、綾皇子はご無事なのでしょうか」

「――」

「ご存じだと思いますが、宝物殿にあった毒が、減っているのです。その毒で誰かが苦しんでいるのではと、不安に思っていました。でもまさか、右大臣さまのところに運ばれていたとは——その、わたしのことを密告する文があったと、呪禁博士からききましたので」

緋鳥が話すあいだ、玄継は身じろぎもせずに黙っている。

はっとして、緋鳥は続けた。

「余計なことをお尋ねしてしまい、すみませんでした。あの毒が悪いことに使われないようにと願っていたので、つい」

（また、やってしまった——）

思ったことをすぐに口に出してしまう性分が官人としてふさわしくないと、これまで何度も叱られてきたのだった。

余計なことに首をつっこんでひどい目にあうのも、もううんざりだ。

玄継はというと、思い悩むような気難しい顔になっている。

「いいんです、悩まないでください。なにもきかなかったことにしてください」

白兎が、竜葛（りゅうかつ）は綾皇子に使われたのでは——と話していた。

でも、綾皇子は毒を口にしたかもしれないが、お亡くなりになったとか、ひどく具合が悪いとか、そういう雰囲気ではなさそうだ。

そうなら、玄継はもっと血眼になって犯人を捜しているはずだ。

（毒のことは気になっていたけど、ご無事そうだし）

　早く家に帰りたい。できれば、念願の呪禁師（じゅごんじ）としての暮らしを満喫したい。

　いまとなっては緋鳥の望みはそれだけだ。

　すくなくとも、右大臣やら左大臣やら、貴族のあいだのごたごたには興味がない。

　長い沈黙の後、玄継がふうと息を吐いた。「そうだよなぁ」と何度もうなずいた。

「おまえにも害が及んでいるわけで、おまえにとってもけっして他人事（ひとごと）ではない。悩むところだが、頼みをききいれるべきなのだろうなぁ」

「あ、いえ、その」

　しまった。と、緋鳥は悔やんだ。やっぱりいいです、とはいえない雰囲気だ。

「文も、おまえの目で見たほうがよいのではないか。おまえを陥れようとした者がいることは知っておくべきだろう」

「それは、たしかに」

　玄継は真剣に緋鳥の身を案じていた。

　それに、まじめだ。

「ただ、おれの一存では決められない。綾皇子に一度おうかがいして、そのうえで答えてもよいだろうか。——こうしよう。明日の朝に、ここへ迎えにこよう。どうせおまえも都へ戻るのだ。ともに戻ろう。綾皇子がお許しになれば、綾皇子のもとへおまえをつれていく。そうでなくとも、家まで送ろう」

「本当ですか」

「ああ。たおやめの背中にあざをつくらせた罪は重い。おまえの手助けをするよ」

「ありがとうございます」

（やっぱり、いい人だ）

緋鳥はほっと笑みを浮かべかけた。

――が、思いだした。玄継には、さらにひどい目にあわされたのだった。

「そういえば……背中にあざをつくらせたどころか、刺しましたよね。問答無用で、その剣で、背後からぐさっと」

いまもその剣は、あぐらをかいた玄継の腰のあたりにある。

じっと見つめてやると、玄継はまたもうしわけなさそうに肩をせばめた。

「すまなかった。綾皇子を狙ったのはおまえだと思い、つい――」

「だからって、突然背後から殺そうとするなんて。すこしくらい話をききませんか？間違っているかもしれないのに」

あっ、と緋鳥はもうひとつ思いだした。

「矢で襲ったのも、あなたですか」

「矢？」

「夕時でした。市に近い大路で誰かに射られて、頭を串刺しにされかけたんです。あれもあなたのしわざですか？」

玄継は今度こそ慌てた。

「それは違う。そんなことはしていない」

「——あなたじゃないんですか？」

「矢でおまえを襲ったことはない。人違いだ。剣で襲いかかった時のことは、まことにすまなかった。おれは綾皇子の警護をつとめている。綾皇子に危害をくわえている呪禁師を討たねばと焦っていたのだ」

「でも、勘違いだったんですよね。わたしが呪術師でよかったですよね？　もしもわたしが呪禁（じゅごん）の技を使えなかったら、あなたは嘘に踊らされてまったくかかわりのない娘を殺してしまったかも——」

　ここぞとばかりにぶつぶつ言ってやると、玄継がまた平伏する。

「すまなかった。このとおり、許してくれ！」

緋鳥は苦笑した。

「もういいです。頭をあげてください」

床につけていた額を、玄継がそろそろとあげていく。

嘘などつけなそうな真顔に「からかってしまってごめんなさい」と胸で詫（わ）びつつ、緋鳥は笑いかけた。

「もうじゅうぶんです。それに、こんなふうに謝ってくれる貴族の方がいるとわかっただけでもありがたいです。あなたに会えてよかったです」

翌朝。早いうちから玄継は馬に乗って現れて、女官の衣裳(いしょう)をさしだした。

「これに着替えてくれ」

「――なぜ」

「おまえは名指しで罪を着せようとされたのだ。誰かが都で見張っているかもしれない。呪禁師の中でもおまえは目立つし――」

「なるほど」

娘の呪禁師は、鳳凰京広しといえども緋鳥だけだ。

呪禁師にさだめられた官服は八位という位階をあらわす深縹(こきはなだ)をしているが、男用だったので、一度ほどいて小さく仕立て直してもらったものを身に着けていた。

男装をしているようなもので、たしかに目立った。

仕方ないなと、いわれるままに女官に化けてやることにした。

手首までの袖(そで)がついた桃色の衣に花の刺子がほどこされた背子(はいし)を重ねて、萌黄(もえぎ)の裙(もすそ)で足首までをふわりと覆う。紕帯(そえひも)で胴回りを飾り、領巾(ひれ)を手にして玄継の前に出ていくと、玄継は目をぱちぱちとさせた。

「可憐(かれん)な――花の幻のようだ」

凛々(りり)しい、男勝りといわれたことは数あれど、可憐、花の幻だなどと、娘らしさを褒められたことは緋鳥にはなかった。

こういう時はいったいどういう顔をすればいいのか。

緋鳥のほうも照れくさくてうつむいてしまったが、その照れはすぐに引くことになる。

玄継の顔が、幻にうなされるように変わったからだ。

「なあ、本当におまえが、おれの剣を投げ捨てて咆哮していた娘なのか。なんというか、会うたびに別人に化けるもののけに会っている気分なのだが。あの時のおまえはじつに恐ろしかった。屍すら喰い荒らす魑魅魍魎のようで、もうだめだ、殺られると怯えたんだが――」

たしかにその時、緋鳥の気は高ぶっていた。

渾身の力で突きだされた剣を命懸けの技で受けとめ、見事賭けに勝った後だ。

どんなものだ！　と、刃をつかんで地面にたたきつけ、「うらああ」と獣のように雄たけびをあげて、襲ってきた男――玄継を見下ろし、けらけら笑いながら脅してやったのは、覚えていた。

なんということだ。思い返すと、まさに化け物じゃないか。

「魑魅魍魎って――誰のせいでそんなことになったと思ってるんですか」

思わず口に出してから、緋鳥ははっと眉をひそめた。

自分を見下ろす玄継が、魑魅魍魎の化け物を見るように青ざめたのだ。

たぶんまた、恐ろしい顔になっていたのだ。

綾皇子は、緋鳥をつれていくことを許したらしい。

玄継の供を装って鳳凰京へ戻るが、羅城門をくぐって入京する時も、大路を歩いて邸の方角へと向かう時も、呪禁師の恰好をしていた時とは周りの反応がまるで違った。

下級役人も下働きの平民も、貴族が歩いていると遠慮をして、道を譲るものだ。

緋鳥もふだんは貴族をよける側だったので、玄継が、人が大勢いるあたりでも気にせずに進んでいき、自分のための道をよけさせて歩くのには、すこし引いた。

衛士のにこやかさも違う。

いつもは「なんだ、下働きか。悪党ではなさそうだ。通ってよし」程度にちらりと目配せされるのだが、玄継と一緒だと、「これは萩峰氏のご子息！　さあどうぞお通りください。お父上になにとぞよろしく――」とばかりにへこへこしてくる。

「――わたし、相手によって態度を変える人って、嫌いだなあ」

「なにかいったか？」

「なんでもございません」

「そうか？　まもなくつくぞ。きっとお待ちだ」

玄継が見つめる先には、四方をぐるりと塀で囲まれた立派な邸がある。

右大臣邸で、鳳凰京でも一、二を争う豪邸だった。

あれ？——と、緋鳥は、近づいていくごとに目の前に迫りくる門を見つめた。

「お待ちということは、綾皇子もこちらにお越しなのですか？」

「ああ。というより、ずっとおられるよ。綾皇子はわが邸でお暮らしだから」

「そうなのですか？　てっきり、母君と一緒に白鳳宮の後宮でお暮らしかと——」

「ずいぶん前からだよ。後宮での諍いが絶えないようでな。綾皇子の身をお守りするためにも、わが邸でお過ごしいただいているんだよ」

（なるほど）

萩峰氏の血をひく綾皇子と、左大臣が推す内親王は、ともに帝の後継候補。

どちらかが皇太子になる時は、権力争いに決着がつく時だ。

（萩峰氏と皇族派の争いが、そこまで激しくなってるんだ。毒薬がひそかに持ちだされるほどだものな——ひどい）

綾皇子も内親王も、まだ少年と娘の年だ。

そのような年から、権力争いの御旗として争いの道具にされているなんて。

ひそかに、ため息をついた。

（かわいそうに）

「こちらだよ」

門をくぐって、邸内に入る。

広い敷地の中にはいくつか館が建っていて、綾皇子のための館もあった。

（見覚えがある。檻（おり）があったのはここだったんだ）

朱塗りの橋が架かった優美な水辺や、池のほとりに建つ東屋（あずまや）——記憶にまだ新しい景色を、檻の枝越しではなく、今度は館の中から眺めることになった。

胴回りの太い立派な木材が潤沢に使われた館は、建物そのものが荘厳な宝のようだ。

でも、つい目がいくのは、内部に飾られた調度類。

厚みのある敷物に、異国の霊獣が描かれた壁掛け。龍（りゅう）を模して美しい曲線を描く棚や、薄暗がりの中でもほのかに輝く瑠璃（るり）や玻璃（はり）の器。まるで、宝物殿だ。

案内された先は、図書寮（ずしょりょう）のようになっていた。

奥の壁に沿って木簡や書物が積み重なっていて、壁にしつらえられた連子窓（れんじ）のそばで、日の光を浴びて本を読む少年がいる。

「皇子、おつれしました」

玄継が入っていくと、少年は小さな顎（あご）をあげた。

「例の呪禁師（じゅごんじ）？」

声変わり前の童の声だった。

（この子が——たしか、御年は十三）

その少年が綾皇子だろう。内親王と、皇太子の座を争っている皇子だ。

年相応に背が低く、胴も薄い。細身の身体に、紫色の絹服をまとっていた。

緋鳥はその場で立礼をする。身分の高い相手と出会った時にする挨拶（あいさつ）だ。

「典薬寮の呪禁師、名を緋鳥と申します」

そこまでいって姿勢を正し、説明をくわえておく。

「呪禁師になる見極めに及第したのはつい五日前の新参です。一日も早く一人前に働けるよう、励んでおります」

「そうか」

綾皇子は高い声でいって、笑った。

ただし、子どもらしい無邪気さはなかった。

「新参とはいえ、きっとそなたはすでに腕のいい呪禁師なのであろうな。冤罪されるべきと、悪漢から名指しされるくらいなのだから。腕のよさには男も女も関係がないのであろう。年も関係がないし、もっといえば、職に就いているかどうかも関係がない――僕なら、そう考える」

緋鳥をじっと見つめてくる綾皇子の目は、鋭かった。

目をあわせているとなんとなく薄ら寒くなる、ふしぎな少年だった。

見た目は少年だが、老獪な長老の気配も帯びている、というか。

(そういえば、綾皇子は神童だって噂をきいた気が――)

壁際に積まれた書籍の数々を目で追って、さらに驚いた。

『孝経』『論語』『三海重差』――大学寮の学生が必死になって通読する本ばかりだ。

(すごい……これを読んじゃうんだ。この年で)

もともと萩峰氏は、勤勉と有名な一族だった。法をつくるのに力を尽くして、「法の番人」とも呼ばれている。

（家の中に図書寮並みの本をもってるのか。何人雇って写させたんだろう）

財をかけるところが本というのも、萩峰氏らしい。

綾皇子は読んでいた本を床に置いて、周りに積みあがった本の隙間から紙の束を手に取った。

「そうそう。そなたにぜひ見てほしいものがあるのだ。こちらへきてくれ」

「なんでしょう」

緋鳥は、呼ばれるままに近づいた。綾皇子のそばで膝をつくと、華奢な手があがり、指先でつままれた紙束が緋鳥の目の前につきだされる。

「これなのだが、なんだろう？」

憎いものを晒すような手荒さで突きつけられた紙には、墨で模様や字が書いてある。緋鳥にとっては見覚えのあるもの——呪符だった。

「これは——」

「これは？」

「呪符です。その——」

「この紙には僕の名が書いてある。なにを意味しているのだろうか」

「——あなたを呪い殺そうとしています」

呪殺をもくろむ呪符だった。

よりによって、綾皇子を呪うものだ。

帝の御子というだけでなく、萩峰氏の命運も背負った御子への呪詛(じゅそ)をおこなうなど、噂が立つだけでも死罪を招く大罪だというのに――。

「じつは、すこし前にふしぎなことが起きたのだ。真夜中のことだった。寝台で目を覚ますと、真上に大きな真っ黒い手が浮かんで、僕を狙っていたのだ」

「真っ黒い手？」

綾皇子はうなずき、部屋の天井を見あげた。

「この部屋の端から端まで届くような大きな手で、僕を握りつぶそうとした。妙なことが起きていると気づいたものの身体は動かず、助けも呼べない。怯(おび)えてじっと見あげていると、恐ろしい声をきいた。闇の奥から『綾皇子、見つけたぞ。覚悟せよ』と脅されたのだ。しかし、腹が立った」

その時を思いだしたように、綾皇子は幼顔に暗い笑みを浮かべた。

「無礼で、会ったこともない奴から出会い頭にいわれるような言葉ではない。きさまに僕のなにがわかる、とはねのけると、黒い手は去った。去った方角を探してみると、僕の館に向かって枝をのばす木の根元にこれが埋まっていた。呪詛をもくろんだなにかに見えた。――でも、僕はなんともない」

綾皇子の手に力がこもり、ぐしゃりと紙束が握りつぶされる。

まるで呪詛そのものを、その手で打ち負かすようだった。

綾皇子は、にこりと笑った。

「右大臣が心配なさって、門番と舎人(とねり)を増やしてくださったが、それでも続く。邸の井戸ではまた別の呪符が見つかったし、そのつぎは庭の茂みに埋められていた。いたずらにしては大がかりだし、気味が悪い。ただ、僕には効かなかった」

十三歳という年で、そもそも童顔なので、綾皇子の笑顔そのものは愛らしかった。

ただ、恐ろしいことを淡々と口にしながら笑うさまは、どう見てもただ者ではない。

「緋鳥といったか。どう思う。これは、いたずらか。鳳凰京の民のあいだでも、呪詛が遊び半分で流行(はや)っていると耳にしたが」

握りつぶされてしわが寄った紙束を手渡されるので、緋鳥はそれを自分の手の上で広げてみた。

「――――」

言葉をのみこむような気分で、じっと見入った。

紙には、墨で人形(ひとがた)と呪詛が描かれていた。触れればますます感じるが、紙そのものに、まがまがしい力が宿っている。

呪符というのは、多くの人の目にさらされれば験(げん)が落ちるものだ。それでもまだ力が残るということは、素人がなにかを真似てただ書いたようなしろものではなかった。

「これは、稽古(けいこ)を積んだ者がおこなった呪術、厭魅(えんみ)です。呪符をもちいて相手を呪い殺す呪術です」

　しかも――と、緋鳥は唇を噛（か）んだ。

（典薬寮で習ったものと同じだ。誤りもないし、力も宿っている。これを書いた人はきっと師匠の弟子だ。それも、きちんと学び修めた人だ。もしかして――）

　緋鳥の脳裏にふっと浮かんだのは、遠慮がちに苦笑した兄弟子の顔だった。

『呪いたいと念を込めれば叶（かな）ってしまうなんて、驚くほど簡単な仕組みだよ。あまり近づきたくないものだな。――使えてしまいそうで、怖いよ』

（違う。あの人がこんな真似をするわけがない）

　唇に力を込めて、奥歯を噛みしめた。

　無意識のうちにその人を思いだしてしまった自分のことを、責めた。

「間違いないか。呪禁師のそなたの目から見ても、力をもつ呪符とわかるものか」

「――はい」

「だが、僕には効かなかった」

「皇子の御心（おこころ）が、それだけお強いのです。この呪符には力が宿っていますが、皇子には歯が立たなかったのでしょう。強い人を弱らせるには、より強い術が要るのです」

「それでは、そなたにはできるか？　この僕を呪殺できるか？」

　綾皇子の目が、試すように鋭くなる。

　なんと答えればよいのか――迷ったが、思うままを答えた。

「わたしには難しいかと。さきほどもお伝えしましたが、わたしは呪禁師になったばかりです。呪禁生が尊ぶべきは、おのれを守り、邪を祓う術――つまり、守護の術です。相手に害を為す術はその真逆になり、さほど稽古をしておりません」

「では、先達の呪禁師はどうか」

「お役目で厭魅を祓うこともございますので、敵を知るためにも、それなりの稽古を済ませていると思います」

「ならば、呪禁博士はどうだ」

「呪禁博士？」

呪禁博士は呪禁生の師で、呪禁師の中では一番高い位をもつ。

いまその地位についているのは、白兎だ。

「呪禁博士はわたしたち呪禁師や呪禁生を導く立場にあるので、厭魅などの邪な術にもよく通じているはずです」

「じつは何度か、呪禁博士が僕のもとを訪れている。ある時から足が遠くなったが」

「師匠が、ここへ？」

目をみひらきかけて、息を吐いた。

白兎の偽者が現れたと、そういえば玄継も白兎も話していた。

「それは、まことの呪禁博士ではありませんね。呪禁師は木簡にて依頼を受けてから向かいますが、右大臣邸や綾皇子さまのもとへうかがうようにとのご依頼は、ここしばらくのあいだはなかったように思います」

「そうか。――きなさい」

綾皇子が、すっと立ちあがる。

図書寮のように書物がそこかしこに積まれた部屋を出て、綾皇子は、館の外へと緋鳥を案内した。

「いったい、どこへ」

綾皇子は、ぐんぐんと邸の奥へと向かう。

飾り気がない寂しいたたずまいの一角にさしかかっていた。

給仕役の女官が器を洗ったり、道具を洗ったりと、朝餉の後片づけをしている。

そこも越えて、下働きが群れる井戸も越えて、邸の端にある質素な小屋にたどりついた。

身分が低い者の寝床に使われている場所のようだった。

朝なので、働くために出払っていて、がらんとしている。ただ、奥に小さな寝床があって、そこに臥せる子どもがいた。

はあ、はあ――という荒い息や、「うう」と呻く声も時おりきこえる。

子どもは、奴婢であることをあらわす橡墨染の衣をまとっている。この邸で所有されている私奴婢だろうか。

顔が見えるところまで近づいて、緋鳥は息をのんだ。

その子の顔は涙で濡れていた。苦しさと、心が弱ってずっと泣いているふうに、頬にも目じりにも涙の痕がくっきりついていた。

「病ですか？　すぐに診ます」

緋鳥は駆け寄って子どものそばに膝をつくが、愕然とする。

子どもにあらわれている症状に、覚えがあった。

呼吸麻痺、眩暈、嘔吐、腹痛、全身痙攣――。

脳裏に蘇ったのは、竜葛という毒について調べた時に読んだ本の字のつらなりだ。とくに腹に強い痛みが出るので、『腸絞め竜の根』とも称されるのだとか。

「これは、竜葛だ」

行方を捜し回っていた毒が、こんなところで、こんな子どもに盛られていたとは――。

うしろから、綾皇子の淡々とした声がする。

「その子は、時々僕の身代わりをさせていた私奴婢だが、とある者からもらった薬を飲ませてからというもの、日に日に弱っていくのだ」

うしろを振り返ると、土間の入り口にたたずむ綾皇子と目が合う。

綾皇子は、なにごとも起きていないふうに微笑んだ。

「僕も一度口にしたが、苦しんだ。薬ではなく毒だったのではと思い、なにが起きるのかをその子で試していた」

その子――といって、臥せった子どもにちらりと向いた綾皇子の目は、物を見るようだった。

　ぐっと、緋鳥は拳をにぎりしめた。

奴婢だろうが、生きている子だ。

毒薬の効き目を試す相手に使うなど、道をはずれている。

「なら、もうおわかりになったでしょう。すぐに解毒作用のある薬湯を飲ませて、苦しみをやわらげさせてあげないと、この子の命がもちません」

皇子は笑って首を横にふった。

「もう、もたないだろう」

　ぐさりとさしつらぬくような言い方だ。

緋鳥は睨んだ。

「いいえ。ひどい腹痛があるはずです。痛みをやわらげてあげないと、身体の前に心がもちません」

緋鳥の手が、さっと子どもの腹に伸びた。子どもは衰弱していて、手のひらを添えると親指から小指までのあいだに腹の幅がおさまってしまうほど細い身体をしている。

（こんな小さな子に――ひどい）

まずは毒を探して、力を奪ってしまわなければ。

意識を凝らしてその子の腹の奥をさぐるが、緋鳥は驚いた。

（毒が見えるようになってる？）

細い胴の内側に、宝物殿で手にとった竜葛と同じ気配があった。

前にも、寸白（すばく）におかされた男の腹に虫を見たが、その時よりもくっきりと見えている。

どす黒い塊の姿で、どくどくと息づきながら少年の身を蝕（むしば）もうとしていた。

（きっと、師匠の〈目〉の力だ）

都を守る炎の霊獣、鳳凰（ほうおう）の姿が見えたり、怯（おび）えや殺気を帯びた青白い光が見えたり、病の原因となる虫や毒が見えたり——。

この目があれば、見立ても治療もたしかなものになるだろう。

正しく見定めて、狙いすまして、原因となる害をとりのぞけるのだから。

でも、子どもの腹に見えた毒は、時おり見えなくなった。

「うっ」と子どもが呻くたびに焦って、顔を覗（のぞ）きこんでしまったからだ。

ほこりにまみれた頬には、蟲（むし）が這（は）った後のように涙の痕がついていた。

涙でうるむ目はうつろで、子どもはなにも見ようとしなかった。

そういううつろな目に覚えがあって、気が遠くなった。ひもじくて、気力もなくて、ひたすらぼんやりと過ごした日々が、押し寄せるように蘇った。

——どうして生きているんだろう。

——こんなことをするために生まれてきたわけじゃないはずだ。

（いやだ——）

幼いころの記憶がつきあがってくる。

緋鳥も、この子のように貴族に売られかけていたのだった。

『おまえらを買うのは貴族のお偉いさんか、諸国の豪族だ。買われたら、そりゃあいい暮らしができるんだぞ？』

人買いの男は「ありがたく思えよ」と偉そうにいったが、幼い緋鳥は「嘘だ」と思った。

（本当だ、とんでもない嘘だ）

綾皇子のもとで私奴婢となったその子は、いい暮らしをするどころか、皇子の身代わりとして毒をのまされていた。

その子にはなんの罪もないはずだ。

緋鳥も、人買いに売られたのは、母さんが悪い奴に騙されたからだった。

いい暮らしをするどころか、苦しがっているのに、こんなにさびしいところに放っておかれて――なんていうひどい真似を。怒りがこみあげるたびに、目がうるんだ。

（ばか。気合いをいれろ）

気が逸れれば技が途切れる。的がさだまらなければ、術もおろそかになるのだ。

力をこめなおして、唱えた。

「魂魄一振、万魔を灰と成せ、喼急如律令。魂魄一振、万魔を灰と成せ――」

子どもの腹の上に置いた手でたぐりよせたのは、子どもの身を蝕む毒だ。

――禁！

針で刺すように念で毒をつかまえて呪縛し、力を奪う。

毒の力を封じてしまえば、これ以上の害はくいとめられる。

あとは、その子の身体の外へ追いやることができれば——。

小さな胴の奥に力を送って、その子がもとからもっている破邪の結界に、力を取り戻せと念を送った。

この子の結界を強めて、邪悪なものよ、去れ。

邪悪なものよ、去れ——。

でも、緋鳥が探した結界はとても弱弱しくちぢこまっていた。

見つけて触れようとしても「もういやだ」と引っこんでしまう。

それを、腹に触れた手のひらで懸命にさとした。

(だめだ。がんばって。助けるから)

しばらく繰り返すが、綾皇子のつめたい声がそれをとめる。

「もうよい。やめよ」

少年の高い声だったが、緋鳥は情け容赦のない老獪の声をきいた気分だった。

そろりと振り向くと、そこにあったのは、人形のように澄ました顔をしてすっくと立つ、高貴な御子の姿。

緋鳥はこう感じた。まるで、童形の化け物——。

「このままでよい。僕が毒をのまされたと敵方を訴えるのに、代わりをつとめさせた私奴婢が『死んだ』と『死にかけた』では、度合いが変わるのだ。『死んだ』ほうが、思い通りに報復できよう？」

煮え湯を飲まされたようにかっと身体が熱くなるのを、緋鳥は懸命におさえた。

「だからって——」

いまにも立ちあがって、皇子につかみかかっていきそうな拳をぐっとおさえる。

相手は帝の御子、身分が違いすぎるのだ。

この子を救いたいならなおさら、そんなことをしては逆効果だ。耐えろ——。

「教えてください。この毒を綾皇子さまに届けたのは、どんな人だったのですか」

「その前にそなたが答えよ。さっき、竜葛といったな。それが毒の名か」

「はい、おそらく」

「そなたはなぜ、毒を見抜くことができたのだ。見ればわかるほど見立てが楽な毒なのか？」

「そうではありませんが——わたしたち呪禁師は、薬の力をじかに感じて見分けるからです。すこし前にわたしは宝物殿に入り、毒に触れていますが、その時に感じとった力とこの子を蝕む力がまったく同じなのです。それに、竜葛という毒が足りないことにも気づいて、どこへ消えたのかと調べていたのです」

「ああ、呪禁博士がもうしていた」

綾皇子の目は、緋鳥から離れようとしなかった。

目は幼いが鋭く、緋鳥の一挙手一投足をじっと見つめている。

「緋鳥という名のそなたが、呪禁師(じゅごんじ)になってまだ日が浅いこと。そなたが毒の検(あらた)めをおこなったのは偽者が僕のもとを訪れた時よりも後だと、もうしていた。そうだな、玄継？」

声をかけられると、玄継が綾皇子のうしろでうなずいた。

玄継は、綾皇子のうしろに立っていた。

「はい。――おれが、宝物殿へ出向いてたしかめた」

「じつは」と、綾皇子は、緋鳥を試すように続けた。

「僕はすこし前に、疱瘡(もがさ)にかかったのだ」

「えっ？　よくご無事で――」

疱瘡は、つぎつぎと伝染していく悪病だ。

時おり鳳凰京でも大流行して、人々を恐怖に陥れる。

「幸い、軽く済んだのだ。とはいえ、痕(あと)も残らないし、疱瘡ではない別の病だったのではないかと、いまとなっては思う。僕の病を診たのが、呪禁博士を名乗った男だった。多少腹痛をともなうが、恐ろしい病を遠ざけるために強い薬がいるのだと、薬を置いていったのだ」

「それが、竜葛(りゅうかつ)――そういう使い方をする人がいるという話は、きいたことがあります」

毒を薬にしようと考える人が、いるにはいた。

力の強い怨霊や病を追い払うために、強い毒で追い払うのだ、と。

「でも、毒を——竜葛をよく知らない者の考え方です。竜葛は毒です。法でも、竜葛をふくむ五種を恐ろしい毒とさだめています。ですから——」

「毒が、法で……、そこまでは知らなかった。なるほど、そなたはまさしく薬師なのだな」

綾皇子は緋鳥を称えた。

「僕も薬を口にしてみて、おかしいと思った。だから、その者にのませたのだ」

「それは——」

毒見ではないか。緋鳥は表情をゆがめたが、綾皇子は続けた。

「腹痛に悩まされたその者を、つぎは僕のふりをさせて、偽者のほうの呪禁博士に診させた。その者はこういったのだ。腹痛は、瘧瘡が強い病だから起きる。よく効いているのでこのまま飲み続けろと、あらたに薬を置いていきもした。しかし僕はすでに元気になって、その様子を屏風の裏から見ていた」

「——」

「いま一度きこう。そなたは宝物殿から竜葛が盗まれたことを知っていたな？　盗んでいないのなら、なぜ知っていたのだ」

「薬種の検めに赴いたからです。役目は、『万薬帳』に載った六十種の薬の在庫をたしかめること。その際に竜葛の一部が別の薬にすり替えられていると気づいたので、報告の前になぜかと調べていました」

「――そなたが名指しで狙われたわけも理解した。では、もうひとつ尋ねる。竜葛が足りなくなっていたことを、典薬寮の者は知っているか」

「呪禁博士は知っています。相談しましたから。ほかにも数人は知っているかもしれませんが、数はすくないと思います」

「それでは、内薬司は知っているか」

「え――？」

「鳳凰京で薬を扱うのは典薬寮と内薬司だ。宝物殿の検めにも、ともに関わっているだろう？」

「はい……内薬司の、知り合いの侍医には話しましたが――」

「では、その侍医も、宝物殿の竜葛が足りないことに気づいていたのか？」

「いいえ……その……いかがでしたかと尋ねはしましたが――」

綾皇子の問いかけは鋭いものばかりで、尋問のようだ。

欲しい答えがあって、そこへ向かって緋鳥の手をぐいとつかんで引っ張るような――。

（この方は、言葉を操る呪術師みたいだ――）

知らないうちに、とんでもない言葉を引きだされてしまいそうだ。

緋鳥が言葉を選ぶようになったのに、幼い皇子も気づいた。

追い打ちの一手をうつように、つめたく笑った。

「僕が疱瘡にかかったことを、そなたが知らないのもむりはない。僕の病を診にきたのは、内薬司の侍医だった」

「あ、そうか――」

内薬司と典薬寮が別にあるのは、病を診る相手が違うからだ。

典薬寮が鳳凰京のすべての人の病を診るのに対して、内薬司は帝や帝にかかわる人を診る。

綾皇子は、帝と萩峰氏の姫とのあいだに生まれた御子。病を診る役は、内薬司がになったのだ。

「疱瘡だと判じたのも、内薬司の侍医だ。僕の病のことは記録しないように命じ、公にせずにひそかに治してほしいと頼んだところ、その男が呼んだのが、呪禁博士を名乗った男――僕のもとへ毒薬をもってきた男だった」

「あ……」

呪禁博士が偽者だったなら、たしかに疑うべきは、偽者を呼び寄せたその侍医だ。

そうでなければ、侍医もだまされて、呪禁博士を名乗った偽者がすべてをたくらんだことになる。でも、はたしてそうか――。

「いま一度尋ねる。そなたが毒薬のことを侍医に話した時、その者はどう答えた？」

「なんのことかわからないと、お答えになりました」

「なら、そなたはその男の答え方になにを感じた？　喋（しゃべ）らずとも、感じたことくらいあったろう」

緋鳥が侍医を待ち伏せして毒のことを尋ねた時、侍医は知らないと答えたが、顔がお喋りだった。

一緒にいた白兎もそう感じたはずだ。侍医が真実を知っている、と。

（話せば、密告になる。悪い人なら庇う必要がないかもしれないけれど、でも――）

気の利いた嘘がつけるほど器用ではないし、知っていることをそのまま答えればよいだけだ。

でも、その侍医は知り合いだ。

いいよどんでいると、綾皇子がさらに尋ねる。

大丈夫、悪いようにはしないから――と言いきかせるような猫なで声だった。

「どうだったかをそのまま教えてくれれば良いのだ。そなたは侍医になんと尋ねて、侍医はなんと答えたのだ」

「――わたしは、宝物殿の竜葛が減っているのはおかしいと思い、侍医に、竜葛という舶来の毒について奇妙に感じることはなかったかと、尋ねました。そうしたら、なんのことかわからないとお答えになりました。でも――」

その時の侍医は、顔のあちこちが歪むようなぶきみな笑みを浮かべた。

呪禁生のくせに妙なことに首をつっこんで――と馬鹿にするようで、よけいなことをするなと、脅すようでもあった。

訊(き)かれたことをそのまま話せばいいだけで、嘘偽りをいって庇うほど、緋鳥はその侍医を慕っているわけでもなかった。

でも、これは密告と同じだ——それを噛(か)みしめながら、いった。

「侍医は、なにかをご存じだと思いました。そのうえで黙っているようだと、その時のわたしは感じました」

事実だけを伝えたつもりだ。

でも、皇子は悟っただろう。

きっと緋鳥の顔はお喋りだった。ぶきみな笑みを浮かべた侍医よりも、よっぽどだ。

「——」

声にならない呻(うめ)き声が出た。これまで緋鳥が気に食わなかった相手よりも、ずっと自分のほうがまぬけで、幼稚だった。

(ううん、落ちこむのは後だ。いま、やるべきことを)

緋鳥は土間の土に手をつけて、皇子を見つめた。

「すべてわたしの思うところで、勘違いかもしれません。どうかご本人に真意をお尋ねください」

冤罪(えんざい)の手伝いだけはしたくない。

これ見よがしに悪く見えるようなことでも、どうか——。

「わかった。いっておくが、侍医への処分はこちらで決める。いまも、報復の時をいつにしようかと、萩峰の右大臣とうかがっているところだ」

（だから――）

右大臣の側がずっと静かだったのは、そのためなのだ。

綾皇子が病を患ったことや、呪殺、毒殺されかけたことすら、ほとんど黙して様子をうかがっていたのは、敵方によけいなことを知らせないため。

そして、うしろで糸を引く者を見極めるためだ。

右大臣の側は、綾皇子という一族の御旗に害を為そうとした者を一掃したいのだ。

というよりも、その相手に心当たりがあるのだろう。

争っている左大臣の差し金だろうと、この機を逃すまいとしているのだ。

（いまに、乱が起きるのかもしれない――）

「そなたも、ここで見聞きしたことは胸に秘めておくように。さもなくば僕に仇をなす一味とみなす」

すでに、緋鳥が首をつっこんでいける事件ではなくなっている。

鳳凰京を二分する権力争いにかかわっていくような興味もなかった。

緋鳥はすぐにうなずいた。

「わかりました。でも、お願いがございます」

これだけは、わたしの役目だ。緋鳥は土に両手をつけたまま、頭をさげた。

「そちらの子をわたしに診させてください。薬を処方します。きっと救えます。救ってみせます。だから――」

呪術で癒(いや)しきれないなら、つぎに頼るものは医術だと、判ぜざるをえなかった。

典薬寮は、鳳凰京にいるすべての人を健やかに守るためにある。

政争に巻きこまれた哀れな子を救うのも、役目のはずだ。

綾皇子はみじかく答えた。

「不要だ」

「どうして――毒の恐ろしさを調べるには、もうじゅうぶんです。その子はあなたの命を守って、毒の効き目を身をもってたしかめたではないですか」

「そなたのいうことはわかる。だが僕は、記録を残したくないのだ」

「記録を？」

「典薬寮にしろ内薬司にしろ、薬を持ちださせるためには、表向きには依頼の文がいる。僕を殺したい者たちは、毒を飲んで腹を痛めていた子が僕の身代わりだったことを知らない。薬を毒だと気づかぬまま、いまも疱瘡(もがさ)と信じて患っていると思わせていたいのだ。敵を欺いて、どう守るかを考える隙を与えたくない。それが兵法と、僕は本で読んだ」

「でも」

「記録を残さず、そなたが僕にかかわっていることも知られずに果たせるなら、許す。そなたが典薬寮の薬を勝手に持ちだすことができれば――どうだ？」

右大臣邸の門の出入りを見張られていた時にそなえて、女官の服は借りたまま出ることになった。

出る前にこれだけはやらねばと、偽の呪禁博士が置いていったという薬を見せてもらった。

搗(つ)き篩(ふる)われていたが、強い毒をもつ植物の根が交じっていた。

宝物殿で手に取ったものとまったく同じもの。まちがいなく竜葛(りゅうかつ)だった。

宝物殿から足りなくなった舶来の毒は、右大臣邸に運びこまれていたのだ。

それも、呪禁博士の白兎を名乗る者の手で——。

そのうえ、権力争いには一切かかわりのない少年にのまされていた。

帰途につきながら、綾皇子の代わりにいまも腹痛に苦しむ少年の姿が、緋鳥の目の裏から離れようとしなかった。

——呪禁師(じゅごんじ)も典薬寮(てんやくりょう)も、鳳凰京のみんなを守るためにあるんじゃなかったの？

——あんなにかわいそうな目にあっている子も守れないのか。

——守るのは結局、貴族のわがままだけだ——。

うっかり気を抜くと涙がこぼれそうで、唇にぐっと力を入れた。

（それに、あの呪符——虚子(うろこ)さんじゃないよね）

言葉にして、わざわざ胸に言いきかせる気分だった。

虚子は緋鳥よりも四つ上で、緋鳥が呪禁生になった時には、呪禁生が学ぶべきことをほとんど学び修めていた。

呪禁師や呪禁生には得手不得手があるが、虚子は透視が得意で、呪符にも明るかったという。

名実ともに呪禁生の筆頭となる優等生で、緋鳥たちにとっては憧れの兄弟子であり、時には白兎にかわって弟分、妹分を教えることもあった。

面倒見がよく教えるのもうまかったので、みんな、なんとなくこう思っていたのだ。

白兎のつぎに呪禁博士になるのは、きっと彼だ――。

持禁の稽古をつけてくれたのも、虚子だった。

『それでは、火に耐えてみよう。まずは手本だよ』

持禁というのは、おのれの呼吸をもって結界を操る呪禁師の技だ。

とくに守りにすぐれていて、おのれを害そうとする火や刃を「禁」じて、動きをとめることができる。つまり、身構えていれば火や刃の害を防ぐことができる。

――と、座学で習っていても、試すのは勇気がいる。

呪禁生を集めて焚火を囲み、みんなが息をのんで見つめる中、虚子は持禁の手本にと、自分の手を炎にかざし、火の奥へと手のひらをくぐらせてみせた。

『一、二、三、四、五……』

火の中に手を入れているあいだ、虚子はゆっくり数えた。

みんなで兄弟子の手を見つめるが、その手はめらめらと赤い光をちらつかせて踊る炎の中にある。虚子は平然としていたが、見ているほうは心の臓がばくばくと鳴って気が気ではなかった。

ゆっくり十まで数えてから、虚子はその手を火の中から引き抜いた。

『ほら、なんともないだろう？』

虚子は自分の手を広げてみせたが、やけどの痕はおろか、肌が赤みを帯びることもなかった。

『持禁ができれば、術者の肌に触れる前に火の力をとめることができる。刃や毒、怨霊でも同じだ。卓越すれば、おのれの身を守るだけでなく、術者がいる場所ごと守ることも、思いどおりに操ることもできるそうだよ。では、一人ずつやってみよう。呼吸に気をつけて』

大事なのは呼吸、結界に力を――というのは、何度も習った。

とはいえ、頭ではそうとわかっていても、実際にやるとなると緊張するものだ。

誤れば、大やけどをする。怖がれば息が上がるし、焦ればますますうまくいかない。

持禁もそうだが、つきつめれば、呪術とはおのれの心をいかに制するかにかかっている。そもそも、生まれもっての才覚がなければ身につけられない技だった。

「あちっ」と悲鳴が続く中、器用な昆がなかなかうまくやって、五つ数えるまで炎に耐えた。

『緋鳥はどうかな。俺の見立てだと、得意なはずだけど』

虚子の勘は当たった。

緋鳥の番がきて、炎に手を差し入れるが、熱を感じるものの、耐えがたいとはまったく感じなかった。

『七、八、九……二十二、二十三……』

手本として虚子が耐えた数も、優に超える。

緋鳥はさらに奥へと手を差し入れたので、炎は腕まで包んだ。

とうとう、袖に火がついた。衣が燃えはじめた。

昆たちが慌てて身を乗りだす中、虚子はごくりと息をのんだ。

『緋鳥、念の入れ方を変えてみて。息を届ける域を自分の身体の外へ広げるんだ。持禁に卓越していれば、おのれの術が及ぶ囲いを広げられる。まずは自分の身体よりすこし外へ――そうすれば、衣は燃えない』

炎越しにじっと見つめる兄弟子と目を合わせながら、緋鳥はいわれるままに息を届かせる範囲を広げた。

深く息を吸って、吐いて。身体の内側だけでなく、すこし外へ――。

すると、袖を焦がした火は消える。緋鳥はそのまま、腕と手を炎であぶり続けた。

『すごい……俺もまだできない技だよ』

虚子が、まぶしいものを見るように目を細めた。

兄弟子に褒められるので、緋鳥は「本当？」と喜んだ。

でも、虚子と目を合わせると、緋鳥の笑顔はすこしかげった。

緋鳥を見つめる虚子の顔が、悔しそうにゆがんだからだ。

『そうだった――きみは、師匠が見つけた逸材だった。きみを見つけるなり、師匠が自分の子にしてしまったくらいだ。きみはいずれ、俺などがかなわない呪禁師になるんだ』


早朝の大移動の時間は過ぎていたので、大路には人がまばらだ。

どこを歩いているのかもよくわからないくらい、緋鳥はぼんやり歩いた。

きっと、どこにも向かっていなかったのだ。ぐるぐると同じ場所を回っていたい気分だった。

ふと、行く手から、緋鳥のほうへ歩いてくる人がいる。背の高い男で、浅緑の衣をまとっている。

衣の色は、位によってさだめられている。呪禁師になったばかりの緋鳥は八位という位を得て、深縹（こきはなだ）の衣をまとうことが許されたが、やってくる男が身にまとうのは、浅緑の衣。七位という位階の証（あかし）で、呪禁師の最高位、呪禁博士に許された色だった。

「おかえり」

白兎だった。朝の光のもとで、白兎は緋鳥を見つけて笑った。

「師匠、どうしてここにいるの――」

玄継に迎えにきてもらうことは話していなかった――というより、京外で謹慎していたので、話す機会もなかった。

右大臣邸へ出かけたことも、白兎は知るはずもない。

それどころか、緋鳥はいま女官の恰好をしている。

どう見えているかは自分ではわからないけれど、だいぶん見た目が違うはずだ。

緋鳥の眉が寄った。

泣きたいような笑いたいような気分で、ぐにゃりとゆがむような笑みが浮かんだ。

「あのお守りのせい？」

誰かに見られては面倒だと、衣の内側に隠していた人形があった。

緋鳥を守るように念を込めたと白兎は話していたが、もしかしたら、離れていたあいだもずっと見守られていたのかもしれない。

「師匠は、いつもわたしがいく先にいてくれるんだね」

白兎は、人形のことも、緋鳥が女官に化けていることも、なにもいわなかった。

「うん？　こんなところで会うなんて、奇遇だね。――ほらほら、典薬寮に顔を出してきなさい。遅刻だけど、出仕したことにしてあげるから」

「あぁ、忘れてた」

いろいろなことがありすぎて、出仕がどうとか、呪禁師としてすべきことはなにかすら、頭から抜け落ちていた。

正直なところ、とうとう緋鳥はこう思っていた。

――もう、やめようかな。呪禁師になるのも、もういいかな。

――あの皇子みたいな貴族を守らなくちゃいけないなら。だって、関係のない子を巻きこんで、平気な顔をしているんだもの。

「おまけだよ。着替えてからでいいから、ちゃんといきなさい」

白兎は、いつもどおりのことしかいわなかった。

たしかに、今日もずる休みという扱いになれば、休みなく働かなければいけない日数がまた増えてしまう。

それは、ご勘弁願いたい。――このまま呪禁師として生きるつもりならば。

「帰る場所はこっちだよ」と日常に戻してもらった気分で、ありがとう、と緋鳥は笑った。

「じゃあ、いってきます」と、白兎とすれ違いかけた時だ。

白兎の胸元からふわんと薬草が香って、緋鳥は足をとめた。

「あ――」

口をぽかんとあけて、立ち尽くす。

急に動かなくなった緋鳥に、白兎は「どうしたんだい」と首をかしげたが、緋鳥の目は白兎の胸元から離れなかった。

浅緑の衣の合わせの内側には、布包みがいくつか忍ばされているはずだ。

前に二人で病人を診て「ちょうど持ち合わせがあるよ」と薬をさしだした時のように、白兎は薬を持ち歩いているのだ。

「そうだよ。薬草くらい、自分で探せばいいんだ」

白兎が持ち歩いている薬には、典薬寮から借りているものもあるかもしれないが、白兎が趣味でも薬草を集めていることを、緋鳥は知っていた。

白兎の家ではそこかしこに薬草が仕舞われていて、時おりは珍しい薬草を手に入れて、典薬寮や薬売りに渡すこともあった。その代わりに、必要な薬を仕入れることも。

緋鳥の顔がむずむずとゆるんでいき、とうとう腹から声を出して笑った。

「欲しい薬草が見つからなかったとしても、買うことも、探してきてって誰かに頼むこともできるじゃない。あの子を助ける方法はたくさんあるじゃない！」

それが呪禁師だ。

必要な処置が呪術か医術かを見分けて邪を祓い、人を癒す者として典薬寮に勤めているのだから、見立てや検めができるほどには薬や病に詳しいし、薬がどこからどんなふうに、どれだけ届くかも知っている。

どうやって薬草を育てて薬にするかも知っているし、薬草園で働く人も、それを搗き篩う人も、みんな知り合いだった。

「そうだ。借りればいいんだ。借りたなら、返せばいいんだ」

白兎もそういって、見ず知らずの病人に持ち合わせの薬を渡していたじゃないか。

「師匠、わたし、着替えてくる。あと、今日だけは残業をなしにさせて。お勤めが終わったら出かけたい場所ができたの。ごめん」

急に勢いづいて踵を返した緋鳥を、白兎は微笑んで見送っていた。

女官の姿をしていることはどうにか頭の片隅に残っていたので、見とがめられない程度の早足で家へ戻り、いつもの男装に戻って、典薬寮へ。

遅刻したぶんまで働かねばと仕事をこなして、一段落つくと、緋鳥は典薬寮を出た。

向かった先は、天鳥山。

先日ここを登った時に、山道のそばで珍しい薬草を見かけたのを覚えていたのだ。

お目当ての場所にたどりつくなりうずくまり、土から引き抜いて、目の前に浮かせてみる。

「やっぱり。蛇ノ髭だ」

根っこの部分が良薬になる薬草だが、緋鳥が見つけた薬草の根は驚くほど立派で、諸国から都へと運ばれる良薬にもひけをとらない大きさだった。

「すごい。欲しがる人がたくさんいそう」

緋鳥はそれを、丁寧に胸元にしまった。

必要な薬草はこれではなかったけれど、いい薬草が手元にあれば、貸し借りの話もしやすいはずだ。

呪禁師になりたかったのは、憧れたからだ。呪禁の術を扱い、学問にも詳しい兄弟子や、白兎に憧れたから。だから、大真面目に学んできたのだ。

（あの子の命は、わたしが救ってみせる）

呪禁師が守るのは、鳳凰京で暮らすすべての人だ。

あの少年の身を健やかに戻すことも、役目のはずだ。


その晩、緋鳥は白兎の家を訪れた。

白兎が、「今日はおいしいものを食べよう」と緋鳥を招いたのだ。

「心が揺らいだ時は温かいものを食べるといいよ。身体が温まると心がほっとして、おのずと目が上を向くから。下を向くのもたまにはいいけれど、必要以上に下を向く必要はないからね。――でも、もう元気になっちゃったのかな」

緋鳥はうすうす感づいていた。どうして白兎が夕餉に誘ったのか。

白兎は優しかった。かまどの残り火のように目立たないようにそこにあって、身体の芯にじんわり染み入るようなぬくもりをくれる。

夕餉をいただいて、おいしいねと器をからっぽにして、洗い物をすませてから、緋鳥は、萩峰氏の別邸と右大臣邸でなにがあったかを話した。

綾皇子は「胸に秘めておくように」と命じたが、白兎は緋鳥の胸の中も同じだ。

師匠であり、育ての親であり、それだけでは片付けられない大切な隣人で、話すことをためらいもしなかった。

幼いころを思いだすように、かまどのそばで寝転んだ。

そのころとくらべると背は伸びたけれど、寝転んでしまえば、幼いころに見た景色と同じものが目の前にひろがった。

薪を焦がしながら火を灯す大きなかまどに、白兎が趣味で集めている薬草に、たくさん食材を仕入れた時にまとめてつくっておく漬物や干し物の数々。

めしを食わせろと突然やってくる弟子にふるまうためだというのは、大きくなってから知った。白兎はこう見えて、まめな人だった。

「師匠は知ってた？　師匠の偽者を紹介したのが、内薬司の侍医だったって」

白兎も、寝床での会話のようなけだるい声で答えた。

「私の偽者がいたときいた時から、なんとなくね」

「そうなんだ？」

「私を名乗れるということは、知り合いがかかわっているなって。自慢じゃないけど、そこらの人が真似できる仕事じゃないからね」

白兎はひどく大きなため息をついた。

これまで緋鳥がきいた中で一番大きなため息だったかもしれない。

「すごく大きなため息だ」

「それは嘆くよ。しかも、私の偽者は綾皇子の毒殺に手を貸したというし——。侍医も、ただで済むとは考えていないはずだ。明るみに出れば罪を問われるはずだけど、あの方にそういう怯えはなかった。ということは、きっと、私の偽者役をになった人に罪を負わせるつもりなんだろうなって」

「罪を——」

「もしくは、緋鳥に。密告文も、そのつもりだったんじゃないかな」

「玄継さまは怒って、わたしを殺そうとしたものね。わたしが死んじゃえば、どうにでも罪を着せられたってわけか」

緋鳥もため息をついた。——が、はっと顔をあげた。

「待って。師匠は、偽者役になった人が誰かを知ってる？」

いま、こんなふうに話すということは——。

白兎はかまどのそばであぐらをかいていたが、うつむいた。

「私が捜していた子じゃないかな」

「捜していた子？」

「虚子だよ。鳳凰京にいるような気がして行方を追っていたんだけど、気配が残るところは、左大臣邸や右大臣邸や、こたびのことにかかわるところばかりだった」

「そうなんだ……」

「右大臣邸で、私を名乗って現れた男の風貌を教えてもらったんだ。虚子に間違いないと思った」

「じつは……わたしも今日、虚子さんがかかわってるんじゃないかって思うことがあったの」

緋鳥は、呪符のことを話した。綾皇子の呪殺をもくろんで右大臣邸に置かれたものだ。

「毒だけじゃなくて、綾皇子を呪殺しようとした呪符もあったの。典薬寮で習った呪符とほとんど同じで——それに、虚子さんの字を思いだした。似ていたよ」

「そっか」と、白兎は暗い顔でうなずいた。

「なら、綾皇子を殺そうとした人はたぶん、はじめは綾皇子を呪殺したかったんだね。呪殺なら、毒殺よりもひそかにおこなえるから。でも、うまくいかなくて、だんだん歯止めがきかなくなって、毒にまで手を出したんだろう。その欲に虚子は巻きこまれたんだ。緋鳥も、そうかな」

緋鳥は、はっと思いだした。

「師匠、そういえば——わたし、虚子さんを見たよ」

「いつ?」

「ほら、たそがれ時に矢を射られたことがあったじゃない。あの時に虚子さんに似た影を見たの。市場近くの大路で——」

「矢って、これかい」

白兎が眉をひそめて、かまどの奥に立てかけてあった矢を手に取る。

まさに、それだ。緋鳥の鼻先をかすめて壁に突き刺さったのを、力ずくで引っこ抜いて持ち帰ったものだ。

「うん。その矢を射られた時に、姿は見えないのに影だけ動いている人がいて、追いかけたら、大路の壁の影に消えていったの」

たそがれ時といえば、呪術に携わる者にとっては気にかけるべき大切な節目だ。だから、その矢にかかわるのは、それを知っている呪術者か、もののけの類だと、そう思っていた。

「誰かに似てるってずっと考えていたの。虚子さんだったと思う。どうかな、手がかりになるかな」

「消えた——たいへんだ」

白兎が、矢をつかんだまま立ちあがった。

「用ができたから、出かけてくるよ」

「市場の通りにいくの？　なら、わたしも——」

虚子の行方に目星がついたのだろうか。

緋鳥も腰をあげかけたけれど、白兎は首を横に振った。

「ううん。あの子はきっと、私がたどり着けないところへいってしまったんだ」

「たどり着けないところ？」

「だから、こんなに捜しているのに見つからないんだ。——緋鳥はここにいなさい。時がくれば、侍医たちは虚子を殺めようとするはずだ。虚子がむりなら、緋鳥を。悪事の濡れ衣を着せるためだ」

「待って、師匠。その――」

戸を開けていまにも出ていこうとする白兎を、緋鳥は呼びとめた。

「虚子さんを見つけたらどうするの？　きつく叱る？」

呪禁師になり、鳳凰に挨拶をした後のことだ。白兎は呪禁師の心得を教えた。

ひとつ目は、呪禁師だからこそできる技を悪事にもちいてはいけない。

ふたつ目は、いつでも逃げていい。

ひとつ目のきまりをやぶれば「きつく叱る」と白兎はいったが、きっと厳罰を与えるのだと背筋が寒くなったのを、緋鳥はいまもはっきり覚えていた。

白兎は苦笑した。

「どうかな。――私がそばにいないあいだは、必ず持禁をし続けるんだよ」

白兎はせわしなく出ていったが、緋鳥ものんびり待つ気にはなれなかった。

（持禁をしていればいいんだ。ここにいたって外にいたって、あぶないのは同じだ）

白兎の家を出ると、緋鳥の足は邸の門を向く。

（虚子さんを捜さなくちゃ。師匠なら虚子さんをきっと許してくれる。でも、ひとつ目の心得では悪事を禁じて、ふたつ目では逃げていいって、どういうことだろう？）

夜闇に沈んで暗くなった木戸を開けて、南へ。

まずは、前に矢を射られた場所へ。市場のある方角へ向かって走った。

夜の鳳凰京を出歩く人はほとんどいないので、暗がりの大路にはものが動く気配すらない。

でも、真上からふしぎな光を感じて、立ちどまる。

見上げると、真っ赤に輝く巨大な鳥が、翼をひろげて飛んでいくところだった。

「あっ」と、緋鳥は夢中で目で追った。火の鳥、「鳳凰」だった。

鳳凰や朱雀、不死鳥など、いくつもの霊獣、神獣の要素をあわせもつふしぎな鳥で、鳳凰京の南側を守護する霊獣――。

星空のもとで、鳳凰は両翼を悠々とひろげて宙を渡っていく。真上を通りすぎる時には、ごう……と、家が焼け落ちる時のような烈しい火の音も降ってきた。

巨大な松明が真上にかかげられたようで、明るくもなる。熱くもなった。

遠ざかれば明るさも薄れ、涼しくなる。

羽ばたくごとに火の粉が星屑のように降ったが、雨のようだったそれも弱まっていく。

飛び去っていく鳳凰を、緋鳥は呆然と見送った。

（もしかして、見えなかっただけで、鳳凰はよく京の上を飛んでいたのかな……）

その時だ。耳の奥に音が疼いた。

『――けて。食われる……助けて――』

（あの声だ）

市場近くの大路で虚子に似た影を見かけた時にも、同じ声をきいた。

男の声か女の声かもわからないほどくぐもってきこえたが、虚子の声だと、いまは疑わなかった。

「虚子さ……」

声を出そうとして、唇をとじる。

玄継は虚子を捜しているようだった。

虚子が行方知れずになっているのなら、捜している人はほかにもいるはずだ。

（師匠が左大臣につめよられてるって話していたっけ。なら、左大臣も虚子さんを捜しているはずだ。ううん、この件に関わっている人は、みんな虚子さんを捜しているんだ）

声で呼んではいけない。虚子を捕らえようとする人を呼び寄せて、あやうい目に遭わせるわけにはいかない。声で呼べないなら――。

緋鳥は、胸で念じるように呼びかけた。

（虚子さん、どこ？　助けてって？　食われるって？）

返事はなかった。

耳の奥に疼く声はきこえ続けたが、呼びかけが届いている気配もなかった。

『――助けて。――れる……』

そのうえ声は、しっかりきこえたり、消え失せる間近のようにささやかになったりと、近づいたり遠のいたりする。

声の主は、どこかを歩いているのか？

緋鳥は耳を澄まして、声を頼りに、真っ暗な通りをひそかに駆けた。

（虚子さん、どこにいるの？）

夜道を駆けて進むたびに声は大きくきこえたり、きこえなくなったりした。

声がきこえるほうへ――。

夜の京を駆けているうちに、ふいに鼻先に、甘酸っぱい香りがふわんと漂いはじめる。

（――なんだろう。花？）

花畑や、強い香りを放つ木のそばを通りかかった時に似ていた。

甘い香りに誘われて暗がりを歩いてみると、香りの出どころは意外と近くにあった。

池があって、蓮が群れていた。

星の光へ向かって手のひらを差しだすように、まるい葉が夜空を向いている。

まっすぐのびた茎の上には、薄桃色の可憐な花が冠のようにのっていた。

（きれい――）

ついさっき、夜天を翔ける火の鳥を見たところだ。

神秘的な景色が続いている気にもなって、緋鳥はほうと息をついた。

でも、眉をひそめた。――おかしい。

蓮の花が咲くのは、夜明けだ。蓮は、星空のもとで見られる花ではないのだ。

蓮が群れている池も奇妙だ。こんな池は、鳳凰京にはなかった。

(こんな貴族趣味の池が南ノ京にあった？　ないね。ここはいったい――ん？)

なにかに呼ばれた気がして、振り向いてみる。でも、人の姿はひとつとしてない。

あるのは、夜闇の底で咲き誇る蓮の群れだけだ。

緋鳥の目が向いた先にあったのも、可憐な蓮の花だった。

緋鳥はじっと目を凝らした。

「そうよ、私よ」と蓮の花から笑みを向けられた気がしたのだ。

(花が、呼んでる――)

まさか。そう思ったけれど、まるで目と目が合っているように、蓮の花は緋鳥のほうをじっと向いている。

近づいていって手をのばすと、どく、どく……と蓮の花びらが震えているのを感じた。

かすかな震えだったが、蓮の息の音だと思った。

(花が、なにか言っている気がする……)

薄桃色の花びらの柔らかさを指先でたしかめながら、緋鳥は懸命に耳を澄ました。

(なに？　うん？)

花の囁き声がきこえる気がする。

花は、こう言っていた。

――ようこそ、いらっしゃい。

（ようこそ？）

どういう意味だろう――。

花に囁かれるままにあたりを見渡してみたけれど、何度見ても、わざわざ出迎えられるほど訪れたかった場所ではなかった。

緋鳥がいたのは、人の気配のない夜の路。蓮の花が群れる池のほとりに立っていて、水気をまとってぬかるんだ土に、皮沓がすこし埋もれている。

出迎えられるどころか、早く立ち去りたいとまで緋鳥は思っているのだが。

（ようこそ？　ようこそ――）

花の声を反芻しつつ、しだいに緋鳥は眩暈を感じた。

（やっぱり、おかしい。通ったことがない場所だ）

鳳凰京は、東から西へ、南から北へと走る大路によって街が四角く区切られている。四つ角の辻がある風景はどこを通ってもほとんど変わらないが、目の前に広がる夜の大路の眺めには、さっぱり覚えがなかった。

鳳凰京で暮らし、働く緋鳥に、知らない通りはないはずなのに。

（妙なところに迷いこんだ？　くそ）

もののけの類に化かされているのだろうか。

あたりを見回すもののの、緋鳥を呼び寄せた蓮の花は、愛らしい姿でじっと緋鳥を見つめている。

――どうぞ、もっと奥へ。きっとたどりつけるわ。

「もうすこしよ」「がんばって」と笑顔を向けてくるようだ。

(たどりつける――っていうことは、迷いこんだんじゃなくて、わたしが自分から入ってきたってこと？　いこうと思っていた場所へ――そうだ、声がするほうへ)

緋鳥は、耳の奥に疼いた声を追いかけていた。

その声が虚子のものだと信じて、闇の奥に道を探していたのだった。

(つまり、わたしがいこうとした場所がここってこと？　なら、あの声は――)

声を追ってきたなら、しっかりきこえるようになっているはずだ。

緋鳥は目をとじ、じっと耳を澄ました。

(きけ。感覚を研ぎ澄ませて声をきくんだ。それを追いかけてきたんだから)

そうでなければ、ただ迷いこんだだけだ。

あの声はどこ？――と、闇の奥に意識を凝らす。静寂の底に、ふしぎな声がないか。

立ちどまったまま、しばらく経った。

すると、「うう」とか「ああ」とか、苦しげに呻く人の声が耳に届くようになった。

(誰かいる？)

そうっとまぶたをあけて、目を凝らしてみる。

その時。蓮の花が群れていたあたりが、ざわりと蠢く。

顔をあげると、星明かりに浮かびあがる薄桃色の花々が「早く、早く」とけしかけてくる。

――急いで。早く。

――たどりついて。花が、閉じちゃう。

（花が、閉じる？）

眉をひそめて、緋鳥は左右をたしかめた。

周囲の様子が急に変わった。

人の気配のない暗い大路にいたはずが、真っ暗闇に変わっていた。懸命に明かりを灯したとしてもことごとく塗りつぶされてしまいそうな、ぶきみな闇だ。

しかも、巨大な皿の上に乗せられたようになっていて、四方八方の果てに闇の色をした壁めいたものがせり立ちはじめる。

いや、壁ではなく、生き物？

まるで、大きな手のひらの上に乗せられて、何本もの指に囲まれているようだ。

蓮の花の声は、まだきこえていた。

――急いで。しぼんじゃう。

――閉じこめられちゃう。早く。

（閉じこめられる？　どういう意味よ）

その時、生ぬるい風を感じる。

ぞわり——。風が起きるたびに、花の蜜(みつ)のような甘い香りがふわんと漂う。

茎を切った時に放たれるような、青臭い香りも近づいてくる。

しかも、吹き抜けるのではなくて、大きなものがそばで動いたせいで起きる風のような、ざわざわと複雑な吹き方をしていた。——しだいに近づいてくる。

緋鳥の真上でざわりと風が吹き、頭上に覆いかぶさるように垂れてくるものがあった。

(なにかが動いてる！　壁？)

慌てて駆けだすが、逃げた先の行く手でも、ほかでも、同じ風が吹いている。

緋鳥を囲むように現れた円形の壁が、あちこちで溶けるように垂れはじめていた。

(ううん、壁じゃない。花だ！)

生き物のように動く壁は、花びらの形をしていた。

いつのまにか、緋鳥が立ち尽くしていた場所に巨大な蓮の花が現れていたのだ。

緋鳥はその内側にいて、見ようによっては、花の姿をした化け物に食われかけているところでもある。

(まずい)

緋鳥の耳に、追いかけてきた声が鮮明にきこえはじめた。

涙声にかわっていて、「閉じろ、つかまえてくれ」と花の化け物を呼んでいるようだった。

『もういい。食ってくれ、助けなくていい——』

（虚子さん？　いるの？）
緋鳥は走った。
この奇妙な花がその人に呼ばれて現れているなら、虚子も近くにいるはずだ。
前を見つめて、目をかっと見ひらいた。
呪禁師の〈目〉、浄眼が使えるなら、この闇の中でも見たいものが見えるはずだ。
（見ろ。目だけじゃなくて、耳でも、肌でも見ろ。――見ろ！）
身体中に力を行き渡らせて行く手を睨むと、うすぼんやりと輝く青白い光があった。
闇の底に、濃い闇の塊があるのも見えはじめる。
突っ伏した人の形をした影があった。
「あっ」と緋鳥は声を出した。
捜していた兄弟子、虚子だった。
最後に会ったのは二年前だが、兄弟姉妹のように毎日顔を突き合わせていた相手だ。
見間違えるはずがなかった。
閉じゆく花びらと追いかけっこをするように、緋鳥は駆けた。
「虚子さん！」
呼びかけた。でも、虚子は緋鳥に気づかなかった。
地面に伏していて、土を掻きむしるように指で地面をひっかいている。
「食ってくれ、もう……あぁ」

「あの、虚子さん――」

頭上から呼びかけられるほど近づくと、ようやく虚子がはっと顔をあげた。

暗がりの中に人の顔が浮かびあがる。やはり、虚子だった。

虚子は一気に飛びのいて、人がいたのか――といわんばかりに緋鳥を凝視した。

「緋鳥……俺が悪かった」

「悪い？」

虚子は、ああ、ひぃ……と、死に際のような悲鳴をあげた。

「悪かった。いますぐに死んで詫びるから。くるな――」

化け物から逃れるように、虚子は尻もちをついて後ずさりをする。

「わたしはなにも――」

なぜ、そんなに怯えられるのか。

でも、いまはもっと気にかけるべきことがあった。

緋鳥も虚子も化け物めいた蓮の花の内側にいて、その花はしぼみかけている。

このままでは花の内側に閉じこめられてしまう。

「蓮の花びらって何枚あったっけ。早くしないと――」

そこかしこで花びらが閉じようとしていて、きっと十枚近くはすでに閉じた。

椿や鳥兜なら、花びらは五枚、山葵菜や菱なら四枚。

蓮の花びらはもっと多いはずだが――。

「虚子さん、ここを出よう。逃げなきゃ、閉じこめられちゃう……」

そう言ったところで、しんと静かになる。

最後の一枚が閉じたようで、花びらが起こしていたぬるい風もやんだ。

「あっ」

遅かったか――。

はあ、と緋鳥はため息をついて、慎重に周りを見渡した。

幸いなことに、化け物めいた巨大な蓮の花は二人を閉じこめて満足したようだ。圧し潰されるようなことはなかったし、食われかけているという様子でもない。

(待っていれば、また咲いてくれるのかなぁ)

とはいえ、化け物めいた花の中だ。のんびりくつろげるような場所ではない。

「ねえ、虚子さん。ここから出よう。帰ろう？」

手を伸ばすなり、虚子は悲鳴をあげて、尻もちをついたままで退いた。

「俺が悪かった。くるな……おまえを殺すつもりはなかったんだ。いかに左大臣の命令でもきくわけにいかぬと――許してくれ」

「わたしを殺す？　このとおり、元気だけど」

虚子の耳に、緋鳥の声が届いた様子はなかった。

虚子は頭をかかえて背中をまるめ、おのれの内側に隠れるように縮こまった。

「左大臣も侍医も、なぜ皇子が死なぬのだと俺を責める。俺がしくじったせいだと殺しにくる……そのとおりだ、呪禁師になれぬ俺などに呪禁(じゅごん)の技が使えるわけがなかったのだ。誰かを殺(あや)める前に俺が死ねばよかったのだ……」

「落ちついて。わたしは虚子さんを責めにきたわけじゃ――」

虚子が異様にうろたえているので、緋鳥は宥(なだ)めようとした。

でも、つい目が虚子の足に向く。

虚子は尻を引きずって逃げようとしたので、緋鳥には虚子の両足が向いていた。

虚子の足は、じんわりと青白く光っていた。

しかも、ただの光ではない。

虚子の足には、黒い影がまとわりついていた。

腿(もも)の太さはあろうかという黒蛇の姿をしていて、虚子に食らいつくように、脛(すね)から腿へ向かって巻きついている。

「これは……」

幼いころ、緋鳥は同じ気配をもった影に襲われたことがあった。

その影を退治したのは白兎だったが、こういっていた。

『強い呪力をもった人が怨念(おんねん)をいだいてしまうとね、肉体よりも心のほうがなじみがいいから、怨念に合わせて身体が変化しちゃうんだ。人を襲ったり、おのれを呪ったり――そういう人は、たいてい私の知り合いなんだけれどね』

――怨念に合わせて身体が変化する。人を襲ったり、おのれを呪ったり――。

虚子もいま、ぶきみな蛇に身体を覆われようとしている。

緋鳥が見つけた青白い光は、その蛇の内側にあった。

夜の鳳凰京で時たま見かける光に似ていて、ぶきみなほどゆらゆらと波打っている。

(なんだこれ——まるで、怨霊を見ているみたいだ……)

ぞっとして、血の気がひいた。

虚子は頰に涙をこぼしながら、むせび泣いた。

「俺が悪かった。もういい、消えたい。食ってくれ。俺を消してくれ……」

その青白い光を北ノ京で見た時に蘭丈がいった言葉も、ふっと蘇る。

『呪術は諸刃の剣で、俺たちはその剣を身体の内側に飼ってる。おのれを制しきれなくなって負の感情がふくらめば、その研いだ剣であっというまに自分に殺されちまうのさ』

(負の感情……だから——)

緋鳥はようやく、白兎がいったふたつ目の心得の意味を理解した。

『悪事に手を染めたとしても悔やみ続けるな』、『誰を裏切ってもいい』、『いやになったら脇目もふらずに逃げろ』。

呪術は生まれもっての素質がなければ扱えないものだが、稽古をして呪力が育てば、暴れた後に鎮める力も必要になるのだろう。

なにかを恨めば力の矛先は誰かを向くだろうが、おのれを責めて呪おうとすれば、矛先が向くのは自分だ。

呪うほうも呪われるほうも同じ身体にいるのだから、決着がつくのは早いのだろう。

呪符すら介さずにあっというまに自分に呪われてしまうのだろう。

「おのれを呪う——じゃあ、この光は虚子さんの怨念？　自分を呪ったから？」

ひいと喉を鳴らして、虚子がのけぞった。

虚子がおののいて見つめたのは、緋鳥の顔だった。

緋鳥の目から逃げるように、虚子は地べたを這った。

「俺が悪かった。許してくれ、俺は情けない奴だ。妹のように思っていた娘を恨んだ。俺には叶わなかった夢を叶えようとしていると、妬んだ……」

遠ざかろうとする虚子を追って、緋鳥も一歩を踏みだした。

「虚子さん。落ちつこう。わたしがいるのがいやなら離れるから——ううん」

いいながら、緋鳥は自分の頬をぱしんとはたきたくなった。

「離れてどうするの。とんでもないことになる」

周りは真っ暗で、身体にまとわりつくような闇に包まれている。

音も響かず、陰気で、人から生気を奪っていくような奇妙な闇だ。

「ここにいちゃだめだ。——ここを出よう、虚子さん」

意を決して、虚子の腕をとる。

虚子は亡霊にでも出くわしたような悲鳴をあげたが、無理やりつかんで胴に手をまわした。

「大丈夫。なにもしないから、怖がらないで。というより、どうしちゃったの？」

姿も気配も、虚子本人に間違いない。

でも、緋鳥が覚えているこの兄弟子は、こんなふうにとり乱す人ではなかった。

虚子は白兎からも目をかけられていて、緋鳥が七つの時、白兎とはじめて出会った晩にも虚子は一緒にいた。

鳳凰京へ向かう夜道を一緒にたどって、「鳳凰京は賑やかなところだよ。きっときみも気に入るよ」と緋鳥を勇気づけてくれたのも、虚子だった。

『師匠がきみを鳳凰京へつれていこうとする理由が、俺にもよくわかるんだ。きみは炎に愛されているね。きみには呪禁師になる素質があるよ』

虚子は面倒見がよくて、弟分や妹分の稽古にも根気よくつきあう、名実ともに呪禁生の筆頭だった。

典薬寮へ入寮してからの緋鳥も、虚子を追いかけて学んできたのだ。

いつか誰かを勇気づけられるように――虚子や白兎から自分がしてもらったように、誰かを助けられるように、守れるように。

（どうして、こんなことに――）

人が変わったように怯える虚子を見つめていると、緋鳥の鼻の奥がつんと痛くなる。

（ばか。泣いている暇なんかない。――この人を助ける）

こみあげた涙をふりきるように、呼んだ。

「師匠！」

悲鳴のような声が出たが、声が届くならそれでもいいと、もう一度大声で叫んだ。

「師匠！ 虚子さんを見つけたよ！」

化け物めいた花の内側で闇に囲まれていて、周りにはなにも見えない。

叫んでも、音は静寂に握りつぶされるように、すぐさま消えていく。

「いい。呼んで届くものなら、もうきっと届いてる」

緋鳥の胸には、白兎から手渡されたお守りがまだ忍ばされている。

萩峰氏の別邸で謹慎した時も、右大臣邸に出かけた時にも見守ってくれた人形だ。

守護の力が宿っているのなら、緋鳥の呼び声にも感づいているに違いないのだ。

「つぎの方法を試そう。ここから出る方法を探さなくちゃ。虚子さんをここから出さなくちゃ」

迷いこんだかもしれないけれど、入ったからには必ずきた道がある。

たとえ奇妙な花の中に籠められたとしても、出ていく方法はあるはず。

闇に隠されているだけだ。探せ――。

目をとじるような目を凝らすような気分で、緋鳥は闇の奥を探した。

獲物を閉じこめるような花びらのいちばん薄い部分は、どこなのか。

ごう……と、炎が燃える音をきいた気がして、はっと顔をあげる。

夜風に乗った塵が焦げるような匂いも感じる。

目の裏に浮かんだのは、夜空を舞う鳳凰の残像だった。

「こっちだ」

虚子をかかえたまま、向きを変える。

ほかと変わらない真っ暗闇に見えようが、鳳凰の炎を感じたなら、もとの都へ戻る道があるのはきっとその方角だ。

虚子を引きずって進んでみるが、思ったとおり、壁にいきあたる。

触れてみれば、すこし水気を帯びていてやわらかい。

(やっぱり、花の中にいるんだ)

叩いてみても、鈍く弾んで揺れるだけでびくともしなかった。

なら、どうするか。どうやって出ていく?

はたと考えこんだ時だ。胸元から小さな声がした。

『さあさあ、持禁持禁。さあさあ——』

同じ言葉を繰り返すばかりで、そういう類のもののけの声のようだった。

でも、耳にするなり緋鳥は笑ってしまった。

冗談のつもりなのか本気なのかわからない、ひょうひょうとした笑顔も思いだして、まったくもう——と深呼吸をした。

つぎの瞬間。身体の隅々へと息をいき渡らせ、持禁をする。

いまの声の出所は胸に忍ばせた人形で、白兎からの助言だったに違いないのだ。

持禁——。それは、炎や刃、怨霊の難を遠ざける呪禁師の奥義だ。

おのれの結界を強固にして他を調伏する技で、炎や刃を押し返せるだけの守護を得る。

それに。いいことを思いついたと、緋鳥は笑みを浮かべた。

もしもうまいこと結界を操って、手の先や身体のどこかに結界の塊をつくれたら？

刃の形に仕上げられれば、なおよい。

他を調伏できる刃がつくれたなら、二人を閉じこめている花びらも切り裂けるかもしれない。

道がないなら、つくってやる。力ずくでも帰ってやる——。

（できる。やってやる）

力が宿って蛍の光の色にじんわりと染まった手のひらで、緋鳥は闇を薙いだ。

目の前にひろがる闇の景色は、変わらなかった。

でも、〈目〉では、守護の刀めいたもので緋鳥と虚子をつかまえた花びらに傷をつけたのが見えていた。

ただ、ほんの小さな傷だ。手ごたえもあった。花びらは壁のように二人を囲んだままだ。

「もう一度」

手前にある花びらを切り裂けたとしても、その向こうにはまた次の花びらがある。

幾重にも重なっているはずで、壁は厚そうだ。

でも、ちょっとうまくいかないくらいで、あきらめるような質でもなかった。

「もう一度」

五回、十回と闇を薙ぎ続けていると、息が切れはじめる。

『さあさあ、持禁持禁。さあさあ——』という声も、まだ胸元からきこえている。

なんとも緊張感がなくなるいつもの口調で、焦って力が入りすぎずに済むのはいいが、笑ってしまう。

「わかったから、働け働けみたいにいわないでってば！」

疲れを感じたのは、闇を薙ぎ続ける右腕よりも、虛子をかかえた左腕のほうだった。

自分より身体の大きな兄弟子をつかまえておくのは骨が折れるうえに、時おり虛子は腕をふりほどこうと暴れたのだ。

「恐ろしいことをした……とんでもないことを……許してくれ、なんということを……」

とはいえ、兄弟子への遠慮はすでにない。かえって乱暴に虛子をつかまえた。

「わかったから。おとなしくしてて。助けるから」

(気をとられるな。持禁を解くな)

しばらく続けた後だ。闇の向こう側から光を感じはじめる。

(きた)

光と感じたものがなにかは、言葉になる前に気づいた。

緋鳥は闇を薙ぐのをやめて、両腕で虛子の胴をつかまえた。

「もう大丈夫だから。きっと助けてくれるから」

あとは、その光がどうにかしてくれる。その時まで虚子を逃がさないことだ。

なら、緋鳥がいますべきなのは、その時まで虚子を逃がさないことだ。

ざっ——と、音が鳴る。久しぶりにきいた音だった。

耳が本来の力を取り戻していくように、鈍かった音がだんだん近づいてくる。

ざっ——ざっ——と闇の向こう側から音がきこえるたびに、闇の壁も薄くなっていく。

とうとう闇に切れ目が入って光があふれ、風が吹き込んだ時、闇の向こう側には白兎がいた。緋鳥と同じく外側から花びらの形をした壁を剝いでいたはずで、示し合わせたように目が合うと、白兎はほっとしたふうに笑った。

「ありがとう、緋鳥。彼を見つけてくれたんだね。助かった」

巨大な花だったものに亀裂が入って、光に包まれていく。

緋鳥の耳元で、虚子の喉がひゅうと音を立てた。

見れば、虚子の顔が化け物に出くわしたようにひきつっていた。緋鳥がつかまえた胴も、がくがく震えはじめた。

「師匠、虚子さんが——蛇が」

虚子はいま、まともな状態ではない。

あやういし、緋鳥にも白兎にもひどく怯えている。

知らせようと顔を向けた時には、もう白兎の手が緋鳥の肩にのびていた。

「わかってる。ありがとう」

虚子をつかまえていた腕をふりほどかされた次の瞬間、白兎の低い声が呪言を唱える。

「所造天下大神にわが願いを聞こし召せと畏み畏み白す。大地に流るる母神の息をもってこの者の足を影とし封穴へ籠めよ」

呪言は夜風に溶け、土に染みた。

土の中をとおった声が地上へとふたたび浮きあがった時、地面が意思をもったように盛りあがっていく。泥の塊がぷかりぷかりと浮きあがり、虚子へとぶつかっていった。

「あぁぁ」

虚子の身体が泥で覆われていき、悲鳴も泥にさえぎられて、くぐもってきこえるようになった。そうかと思えば、泥に包まれた足が地中へと沈んでいく。

底なし沼に沈むように、足首からひざ、腿、胴、肩——と虚子の身体が沈み、やがて、とぷんと音をたてて頭も沈むと、虚子の姿は見えなくなった。

悲鳴も、きこえなくなった。

鳳凰の浄火

「えっ」と緋鳥がまばたきをした時には、もう虚子の姿はなかった。

巨大な蓮の花も、跡形もなく消えていた。

かわりに目の前にひろがっていたのは、見覚えのある景色。

星明かりのもとで青白く浮かびあがる六条大路――東門へと続く道だった。

「いこう」

ぐいと腕をひかれて、白兎が緋鳥をつれて歩きはじめる。

「いくって――」

「虚子のところだよ」

「でも――虚子さんは？　さっき師匠はなにをしたの？」

白兎はなにか術を使った。

きっと白兎なら悪いようにしない――そう信じているけれど、虚子の悲鳴や、みるみるうちに土に沈んでいった姿を思い返すと、不安になる。

「大丈夫。これ以上あぶない目にあわないように、先にいかせたんだ」

「先にいかせた？」

「緋鳥が見つけてくれたおかげだよ。捜しても見つからないと思っていたら、一番いてほしくないところに迷いこんでいたみたいだ」

白兎は、さっきの闇の世界のことを知っているように話した。

「ねえ、師匠。いまいた場所は――」

「隠れ大路だよ。たまに人が迷いこむんだ」

「隠れ大路？」

そんな名の通りはきいたことがない。

「怯えたり迷ったりすると、思いが景色をつくるらしいよ。たいていは行ってもすぐに戻ってくるから、白昼夢を見たと思うはずだよ。――私も、そう呼んでいるだけで真相は知らないんだ。私にはなかなかたどり着けないから」

「――そう話していたね」

「うん。私は心の稽古をしすぎてあまり迷わなくなったから。緋鳥が呼んで知らせてくれなかったら、捜すのにもっと時間がかかったはずだ」

「わたしの声が、きこえた？」

そこまでいって、緋鳥は胸元をおさえた。

襟の内側には、見た目こそおっかないが緋鳥を見守り続けた木の人形がある。

「なら、これのおかげだね。お守りが、師匠を呼んでくれたんだ」

白兎は「なんのことだい？」と笑った。

「緋鳥が私を呼んだんだよ。ありがとう」

白兎は弟子をねぎらったが、すっと真顔に戻っていく。

白兎の足もとまった。

ともに立ちどまって行く手を見据えていると、闇に沈んだ大路の向こうに、青白い光のつらなりが見えはじめる。

夜になると、呪禁師の〈目〉では、星に似た光が鳳凰京にぽっぽっとまたたくように見える。

どうやらそれは人にかかわるもので、行く手に見えはじめた青白い光のもとにも、人がいた。何人も群れていて、近づいてくる。

「ねえ、師匠。あの光ってなに？　前にわたしを襲った右大臣の息子も、あの光をもっていたよ。わたしを狙う殺気みたいに感じたんだけど――」

緋鳥と白兎がいたのは鳳凰京の南東で、下級役人や貧しい人が暮らす街区だった。

このあたりにもその光はあったが、寂しく光る程度だ。

やってくる光の群れは、比べてしまうと異様に大きくて、烈しく燃え盛るようだった。

「北ノ京にあった光と似てる――。蘭丈と夜回りに出かけた時に見たんだけど、北ノ京には強い光がたくさん灯っていて、星の道みたいになっていたよ」

白兎が、しずかにこたえた。

「あの光はね、人がもつ強い思いだよ。欲や憎しみや怯えや――悪いことのほうが多いね。都に多く集まるのは、人が多いからと、いやなことが多いからだろうね。私たちは怨霊を見るから、ついでにあの光も見えるんだよ」

「怨霊がかかわるの？」

人がかかわるとは思っていたが――。

白兎は寂しそうにいった。

「だって、人を恨んだり悔やんだりしないと、人はわざわざ怨霊にはならないでしょ。呪禁師は怨霊を見るけれど、ということはつまり、怨霊になる手前の思いも、それなりに見えるんだよ」

「あっ、そうか」

青白い光に向かって、緋鳥はじっと目を凝らした。

「あの光が育ってしまえば怨霊になるんだ。誰かを恨んだり、悔しい思いをしたりしたままで身体を失ったら――」

「そう」と、白兎はうなずいた。

「陰陽師は天の星を見るけれど、私たちは地上にある人の星を見るんだよ。悲しくて暗い星だけれどね。そして、あそこにいらっしゃる方は、かなり強い思いをおもちだ。なぜああまで欲が深くなるのか、私には理解できない」

白兎は、誰がくるかをすでに知っているような言い方をした。

緋鳥も光がくるのをじっと待ち受けたが、ぞくりとした。

その光は勢いがすさまじくて、火の山の噴泉のようにもうもうと吹きあがっていた。

青白い光の先が子蛇になって、周りにあるものへ獰猛に噛みつくようだった。

「緋鳥、持禁を――」

「もうしてる」

白兎からいわれる前に、緋鳥は気づいた。

やってくるのは人のはずだが、この光を携えているなら、きっと化け物並みに獰猛だ。

きたのは、十人ほどの男の群れだった。

青白い光を宿しているので、緋鳥たちから見れば明かりは不要に見えたが、周りが暗闇に見えているはずの一行は、闇を照らそうと松明を掲げている。

緋鳥たちがいるのにも気づいたようだ。

男たちは怯えて「誰だ」と問いかけ、武具に手をかけた。

「何者だ。人か？――なんと、白兎か？」

武装した男たちから守られて歩く、恰幅のいい男がいた。

身分を隠して身をやつしていたが、緋鳥が覚えているその男といえば、黒の頭巾をかぶり浅紫の衣をまとって朝集殿へと出入りする姿だ。

いまの鳳凰京では帝に次ぐ位の男――いたのは左大臣、暁王だった。

白兎は、立礼をした。

「暁王。このような夜更けにどうなさいました」

「そなたこそ、なにをしておる。このような夜に——」

「私は呪禁師。夜であれ昼であれ、京の邪を祓うのがお役目でございます。暁王こそ、いずこへいらっしゃるのでしょうか」

左大臣、暁王は、白兎を叱りつけた。

「邪を祓うよりも先に、そなたは裏切り者をとっととつれてまいれ。もののけのようにそなたに化けた者が右大臣邸に出入りしたと申す者までが現れたのだぞ？　綾皇子に害を為そうとした者がいたというのだ。あやしい呪禁師はまことにおらぬのか。呪禁博士を名乗るなど、そなたにかかわりがある者としか思えん」

「何度も申しあげておりますが、呪禁師はみな勤勉で、鳳凰京のみなさまが健やかにいられるようにと、熱心に励んでおります。日々のお勤めに追われて、よからぬことをたくらむ暇もございませんし——」

白兎は、決まった台詞を言うようにつらつらと語った。

たぶん、左大臣邸に呼ばれるたびに同じことを言って慣れきっているのだ。

左大臣は、白兎のそばに立つ緋鳥を見つけると、冷ややかに笑った。

「その娘だな、例の呪禁師は——。右大臣邸で捕らえられたときいたぞ。やはり、その娘があやしいのではないか。女の身で呪禁を学ぶなど、そもそもが愚か者の考えそうなことだ」

緋鳥が、ぎりと奥歯を噛みしめたところだ。

白兎はかえって微笑んで、左大臣に向き合った。

「いいえ、暁王。この娘を捕らえたのは誤りだったと、右大臣邸の方は詫びてくださったそうです。それに大陸では、女の呪禁師を女冠というのですが、この子が呪禁師になることで、わが国でも晴れて一人目の女冠が生まれたのです。よろこばしいことなのですよ、暁王」

「そういえば」と白兎は左大臣へ近づき、あたりの様子をうかがうふりをした。

「内々にお伝えしたいことが――右大臣邸へと私も出向いたのですが、大変なことが起きておりました。綾皇子の具合がお悪いようです」

「なに、綾皇子が――」

左大臣は驚いてみせたが、どことなくほっとしたふうに笑った。

左大臣のもとでぎらぎらと輝いていた青白い光も、すこし勢いを弱めた。

それを見つつ、緋鳥は眉をひそめた。

（あぁ――この光は欲や怯えだから。ほっとしたから、光もすこしおさまったんだ。綾皇子の具合が悪いってきかされたから）

つまり、綾皇子の不幸を喜んだということだ。

綾皇子が病に倒れるにしろ、亡くなるにしろ、綾皇子が弱れば、左大臣が推す内親王が皇太子の座につくのを阻もうとする力が削がれるのだから。

「それはそれは、右大臣はたいそう心を痛めただろうな。綾皇子になにかあれば、かの男の野望がついえるわけだ。だが思えば、それが天のさだめだったのではないか。そもそも、萩峰などという新興豪族の姫を帝の妃に据えること自体が、帝、ひいては天の神を軽んじたおこないだったろう」

左大臣はせせら笑うようにしていった。

「しかし、ならばなおさら、そなたの偽者として悪事を働いた者を見つけて、一刻も早く罰せねばならんな。よりによって綾皇子に害を為すなど、ゆゆしきことだ」

緋鳥はぐっと言葉をのみこんだ。

（よくいうよ。喜んでいたくせに。――間違いない。左大臣は、綾皇子が毒を盛られたことを知ってる――ううん、虚子さんに命令したのがこの人なんだ）

もがくように呻いた虚子の声も、まだ耳に残っていた。

『左大臣も侍医も、なぜ皇子が死なぬのだと俺を責める。俺がしくじったせいだと殺しにくる……』

白兎は微笑んでこたえた。

「ええ、万が一にも綾皇子がお命を落とすようなことが起きれば一大事です。ですから、祓ってまいりました」

「祓って？」

「ええ。病気平癒の祓いをおこない、一日も早く皇子が快癒するように」

「病気平癒――皇子の快癒――」

左大臣の声から力が抜けていく。

白兎は顔をあげ、晴れ晴れとした笑みを浮かべた。

「綾皇子といえば、神童と名高いお方。萩峰の右大臣さまが溺愛なさるのも無理ございません。皇太子の座を争っておられる内親王も聡明なお方ですし、どちらの御子が帝になられても、行く末は安泰ですね？」

「うむ……」

いま、左大臣の顔はひどい渋面になっている。入念に手をまわして毒を盛ったが、綾皇子が回復に向かうかもしれぬときかされたのだから。

それどころか、綾皇子は弱ってもいないわけだが。

（綾皇子がぴんぴんしてるって知ったら、この人はどうなるんだろう？　むしろ、いまに反撃されるよね。綾皇子は、僕に毒を盛ろうとするなど許すまじって怨霊みたいな顔をしていたし。呪詛なんか、握りつぶしていたし）

かの皇子は、騒がず、慌てず、牙を隠しながら、相手の足をすくう時をじっと待っているはずだ。御年十三。末恐ろしい童である。

綾皇子がすることにもろ手をあげて賛同する気はなかったが、左大臣に仕返しをするなら大いにやってくれと、気を抜けば笑ってしまいそうで、緋鳥は懸命に知らんぷりをした。

「あ――」

ふと、緋鳥は上を向いた。

鳳凰京の空に、赤い火の玉が見えた。

天高い場所をゆっくりと滑るように通りすぎていく——きっと鳳凰だ。

さっき姿を見かけた鳳凰が戻ってきたのかもしれない。

「どうした、娘」

左大臣のきつい声がする。

こたえたのは、同じように夜空を振り仰いだ白兎だった。

「鳳凰ですよ、暁王」

「鳳凰だと？」

「ええ。呪禁師（じゅごんじ）がお世話をつとめている霊獣です。鳳凰が好みそうないい星夜（ほしよ）ですから、天を舞っているのでしょう。——そういえば鳳凰には、こんな話がございますよ。鳳凰は情け深い鳥で、翼ある羽族の長と称（たた）えられ、大陸では皇帝を表すそうです」

「大陸の書物で読んだことはあるが——」

左大臣は緋鳥が見上げる方角を何度も振り仰ぐが、不機嫌になった。

「私の目にはなにも見えんぞ。そのような霊獣がまことにいるのか？」

「もちろん、おられます。天鳥山（あまのとりやま）に祭壇があり、空模様がよい時にふらりと訪れてくださいます」

降るような星空のもとで、白兎はにこやかに笑った。

「ふだんは呪禁師や神祇官のみなさまなど、目を養う稽古をしている者にしかお姿が見えませんが、内親王と綾皇子のどちらかを天子にふさわしいと鳳凰が認めた時には、みなさまの目にも鳳凰のお姿が見えるかもしれませんね」

「われわれにも、鳳凰のお姿が？」

「ええ」と、白兎はうなずいた。

「鳳凰は、すばらしい天子が出現されると姿を現すといわれています。繁栄を約束する瑞鳥だそうですよ」

「繁栄を――瑞鳥……」

「ええ。ところで」と、白兎は話を続けた。

「私に化けた者が右大臣邸に出入りした、といった者が現れたそうですが、暁王はどなたから話をおききになったのですか？」

「なんだと？」

「きっと内薬司の侍医でしょうね？　私も右大臣邸に呼ばれた際に『綾皇子の具合が悪い』ことと、『私の偽者が現れた』ことをききましたが、まさかと――初耳でした。右大臣邸のみなさまは口外しないように気をつけておいでしたので、そのように詳しく話せるならば、暁王にお伝えしたのは、きっと侍医ですね。綾皇子を診たのは私の偽者と内薬司の侍医だった、という話でしたから」

「うむ、それは、まあ……」

「それにしても、このように早く左大臣のお耳に入っているとは、よほど侍医は暁王につきしたがっているのでしょうね」

「私に侍医が？　それは、まあ――」

「しかし、右大臣のお耳に入ってしまえば、たいへんですね。侍医は綾皇子のもとへ私の偽者を招いた当人だそうですから、その男と左大臣が懇意と知ったら、右大臣はよからぬことをお考えになるでしょうね」

白兎は淡々と話したが、左大臣の表情はみるみるうちに翳っていく。

弱まっていた星の色の光も、弾け飛ぶようにしてごうと噴きあがった。

「しかも、私の偽者は『もののけのように私に化けて』いたのですか？　私はそうはきませんでした。二十過ぎくらいの若者だったそうです。侍医はなぜ、もののけのせいにしたがっておられるのでしょうか？　右大臣邸の方はそう思っておられませんし、私も呪禁博士として、そのように都合のよいもののけはいないと断言できます。――そして、その者は行方知れずになったそうです。真相を知っているのもその者でしょうが、いったいどこにいるのでしょうね？」

白兎を見つめる左大臣の形相が、魔物のようにゆがんだ。

白兎は相変わらずだ。世間話をするようにのんびりと続けた。

「そういえば、右大臣もその偽の呪禁博士を捜しておられるようですよ。ご子息の玄継さまと、私兵たちも」

「では」と別れてすぐに、左大臣の昂ぶった声がきこえた。

「あの者を捜せ。いったいどこへ逃げたのだ。見つけて殺せ。万が一にでも萩峰の手に落ちるようなことがあれば――」

左大臣が身に宿す青白い光も、ぼうっぼうっと爆ぜるように噴きあがった。

左大臣の一行と離れてから、緋鳥は白兎に耳打ちした。

「なんだか、やたらと煽ってなかった？」

淡々とした言い方をたもってはいたが、さっきの白兎は左大臣の苛立ちという火に油をそそぐようだった。

「一度はっきりさせたかったからね。左大臣と侍医がつながっているのかとか、左大臣のお考えとかを」

欲や驕りを光から察することはできても、真意まではくみ取れないから――と、白兎はいった。

「でも、これではっきりしたかな。虚子を利用したのは、左大臣だ。侍医にさせた悪事の隠れ蓑に使ったんだ」

「つまり、左大臣は、もとから仲間だった侍医の手先として虚子さんをやとったけれど、思うようにいかなかった。だから、虚子さんを殺して罪を負わせようとしている――ってことか。ひどい」

白兎の足は西へと向かっていた。さっきとは別方向だ。

「師匠、どこに向かってるの？」

「しっ」

白兎が背後へとちらりと目を向ける。

それで、緋鳥も気づいた。

気づかれないようにうしろの気配を探ると、青白い光がまたたいている。

その光は、欲や憎しみや殺気や、人の強い思い——そう、白兎が教えてくれたものだ。

「尾けられてる——」

「もしも相手だったら、私もそうするよ。こんな夜にあやしい動きをしている呪禁師がいたら、手がかりだと思うでしょ。私たちは虚子にかかわりがあるわけだし」

「それに」と、白兎はため息をついた。

「どうしても虚子が見つからなかったら、私や緋鳥に罪を押しつけたいだろうしね」

「わたしと師匠に？」

「どちらかといえば、緋鳥だよね。私よりも立場が弱いから。だから、あちらさんは私たちに妙なことをしてほしいんだよ。——最近の左大臣はいつもこうだ。私を呼んではぼろを出すのを待っている。ご自分に都合のいい解釈をして、ご自分のおかした罪を他人に着せたいのだ。このやり方は、好きではないね」

すうと息を吸い、白兎は呪言を唱える時の低い声で「道よ、切れよ」といった。

その瞬間、白兎の足がまたいだ暗い夜道に、蛍の光のような淡い緑の線がぴんと浮かぶ。

光はすぐに消えたが、しばらくして、うしろから追いかけてきた気配は遠ざかった。

追手をまいたのだ。

「師匠、いまのは？」

「道切(みちきり)だよ。あの辻(つじ)はどこにもつながらない道になった。さっきの男は朝まであそこをぐるぐる回るんじゃないかな」

「そんな術があるの？」

白兎は、ひょうひょうと行く手を見つめている。

「これから習うんだよ。呪禁生(じゅごんしょう)が学ぶのは主に大陸の学問だけど、私たちがおこなう呪術は、わが国に古くから伝わる呪術も混じっているからね。そちらは口伝になるし、〈目〉を使えないとこの先は教えられないんだけれどね」

「あっ――」

呪禁師になってからの緋鳥は、呪禁師の〈目〉を宿す稽古をしている。いまも夜の都には青白い光が灯(とも)って見えていたが、普通の人には見えないはずのものだ。

「古(いにしえ)から伝わる呪術でもあり、道術とも似るんだけど。私は、幻術と教えているよ」

「呪術って、深いんだね――」

懸命に学んで、緋鳥は呪禁師になった。

でも、ほんの入り口。極めるには道は遠そうだ。

追手をまくなり、白兎はすぐに辻を曲がって東へ向かった。

鳳凰京を囲む外郭に備わる門は、日没とともに閉門する。

東側に位置する陽天門も閉じていて、衛士が松明のもとで夜の番をしていた。

「門を開けてもらわなくちゃ、外に出られないね」

呪禁師は夜に働く職の代表格だ。「夜の見回りに」といえば難なく通してもらえるだろうが、呪禁師が真夜中に東門を出たと報せることになる。

白兎は、門前の広場にさしかかる前に足をとめた。

「今日ばかりは出かける先を内緒にしたいよね。だから、特別だよ」

白兎がふふっと笑って、緋鳥の真上に拳をかざした。

白兎の手にはちいさな桃の花がくるまれていて、その華やかな色の花を、緋鳥の頭上からふわりと落としてみせる。

そうするなり、緋鳥は背が低くなった。

目線もぐんと低くなって、驚いて悲鳴をあげるが、声がおかしい。

「にゃあ」

猫になっていた。

目の前で、白兎も自分の頭上に手をかざして桃の花を落とす。

　すると、どういうわけか白兎の姿がみるみるうちにしぼんで黒猫に変わっていく。

「にゃあ！」

　叫んだが、やはり声は猫だ。

　白兎から姿を変えた黒猫は、前脚をなめらかに浮かせて前へと進んでいく。

　黒猫は振り向いて髭をぴんと反らせ、「いくよ」とばかりに「にゃあ」と鳴いてみせた。

（しずかに。こっちだよ）

　仕草は白兎のものだ。でも、姿は黒猫に変わった。

　長い尾を垂らしてぴょんと駆けていった白兎に続いて、門前の広場へと緋鳥も跳びだしてみるが、猫の跳躍というのは驚くほど身軽だ。ちょっと進もうとしただけで、思うよりもずっと身軽に跳ね、遠くへと着地してまた駆ける。

（速い！　足がからまる……！）

　獣の素早さで駆けるのも、四つ足で駆けるのもはじめてのことだ。

　慣れないうえに、速さに目が回りそうだ。そのうえ、いつもだったら――と人の足さばきを思い返すなり、足がもつれそうになる。頭が人に戻ってはいけないのだ。

　駆けて跳んで駆けて、あっというまに鳳凰京をぐるりと囲む外郭の壁が目の前に迫る。

　白兎の黒猫はその壁に向かってまっすぐ駆けていくが、ただでさえ高い壁は、猫の低い背丈から見ると世界の果てのようにそびえたっていた。

緋鳥は必死に白兎の後を追い、白兎が跳びあがっていく道筋を追って、跳んだ。

（わたしは猫。無心、無心、無心――）

そのように胸でくりかえすしかなかった。

もしも壁を飛び越えるさなかに我に返っていたら、おそらく壁に激突して、猫にあらざる断末魔の叫び声を響かせていたに違いなかった。


猫になっても、息は切れる。

閉門したままの陽天門を越えて、衛士の目から離れたところで、白兎は術を解いた。

猫から人の姿に戻ったが、四つ足で駆ける生き物のままのように、緋鳥は地べたに這いつくばった。

「あぁぁ――」

息が切れたのと気が動転したのとで、動ける気がまるでしない。

「師匠、こんな術があるの……」

「桃の花の力を借りればね。桃の木には古来、魔力があるから」

「これも幻術なの？」

「そうだね。周りと自分を騙す術、といえばわかりやすいかな。大陸じゃ、変化の際には専用の薬を使うらしいけれどね」

「呪術って奥が深い……。それより、虚子さんは――」

くたくただったが、ぐったりしているひまもない。

白兎も早速歩きだした。

「ああ、いこう。虚子が心配だ」

白兎は緋鳥を振り返りつつ、野辺を進んだ。

貴族のための都、鳳凰京を一歩出ると、景色はさまがわりする。朱に塗られた柱や門をもつ壮麗な建物は影も形もなくなり、田畑や耕人の集落が広がる。

都の中とはうってかわって粗野な夜景のもとで、白兎は諸国へと続く街道ではなく、都を網の目のように囲む野道へと向かった。

都からどんどん離れていくので、緋鳥は不安になった。

「ねえ、師匠。虚子さんは――」

虚子と別れたのは、都の中なのだ。

隠れ大路というふしぎな場所ではあったが、このような野辺ではなかった。

「師匠は虚子さんの居場所を知ってるの？」

「うん。そこへ飛ぶようにって念じたから」

「呪術って、奥が深い――。じゃあ、左大臣よりも先にたどり着かなくちゃいけないね。左大臣が虚子さんを見つけたら、綾皇子を毒殺しようとした大罪人として殺してしまう。大罪とわかってやらせて、うまくいかなかったら罪を着せるなんて――ひどい」

「うん。左大臣は虚子のところにたどり着けないとは思うけどね。追手はまいたし」

「そうなの？　なら、どうして急いでいるの？」

受け答えの仕方はいつもの調子だが、白兎は焦っているように見えた。

星の光を浴びながら、白兎は深刻そうに前を見つめていた。

「それはね――あの子が、人でなくなっちゃうから」

早足で歩きながら、白兎はぽつりぽつりと虚子のことを話した。

「宝物殿から竜葛（りゅうかつ）が減った後に、虚子の気配が残っていたんだ。元気そうなのはよかったけれど、妙なことに巻きこまれたのかなと、見つけて話しにいこうと思っていたんだ。でも、綾皇子の暗殺に手を貸したとなると、きつく叱らなければいけなくなった」

典薬寮（てんやくりょう）を去った子の中には、行方知れずな子が何人もいるんだよ――と、白兎は独り言をいうように話した。

「世を恨んで化け物になりかけた子もいるだろうし、なってしまった子もいる。貴族にいいように使われて、私奴婢（しぬひ）のようになっている子もいるはずだ。厭魅（えんみ）を広めたのも、きっとその子たちだろうね。生きていくためには、よくないと知りつつも知恵を売るしかなかったんだ――仕方ないよね。そして、悪いことの度を越えてしまえば、退治する役は私が負うことになる」

「退治？　それって――」

緋鳥はぞっとして白兎を見上げた。

白兎は行く手の闇を見つめて、暗い真顔をしていた。

「化け物になってしまえば、人だったことを忘れる。人を襲いはじめる者もいるが、典薬寮に退治の依頼がくれば、私が出向くことになる。もしも逆の立場になったらきっととめてほしいと思うから、するけれど。でも、たいていが私の知り合いだ。――そうなる前になぜとめられなかったのかと、悔しくなる」

自分を責めるような言い方だった。

野道すらはずれて藪を越え、大きな石がごろごろと転がった荒れ地に入り、奥へ――。

白兎が向かった場所には木々に囲まれた窪地があって、童子が輪をつくっていた。

七つくらいの童子の姿をしているが、どこから見ても真っ黒な影だ。

近づいていくあいだもそばに寄ってからも、緋鳥は穴があきそうなほど見つめた。

「師匠、影の子どもがいる――」

「さっきの矢を刻んで埋めておいたんだ」

「あれを？　どうして――」

「あの矢に、わずかだけど虚子の気配が残っていたからだよ。もとの持ち主を呼び寄せるように念じたんだ」

「虚子さんの矢だったの？――あぁ、そういうことか」

緋鳥はため息をついた。

闇の色をした花の中で、虚子は緋鳥に脅えて、詫びていた。

(あの矢は虚子さんが射たのか。わたしを殺そうとして——殺されたくなかったら、わたしに罪を着せろとでも脅されたのかな)

そうだとしても、虚子を恨む気持ちはわずかたりとも浮かばなかった。

(どうでもいいよ)

誰からどんなふうに命令されたのかはだいたいわかるし、幸い緋鳥にはけがもない。けがをしていたとしても、それは恥だ。

緋鳥は呪禁師で、つねに持禁をして身を守るべきなのだから。

虚子は、影の童子がつくる輪の内側に倒れていた。「ふっ」「ああ」と呻き声のような悲鳴をあげて、土の上をのたうちまわっている。

起きあがろうとすると、影の童子が「だーめだよ」といたずらをするように背伸びをした。

影の童子に邪魔をされるだけでなく、虚子の両脚にからみついて動きを封じようとするものもある。黒蛇だった。

「師匠、たいへんだ。蛇が育ってる。……なんだ、これは」

蛇はさっき見た時よりも膨らんで見えたが、形も変わっていた。

もともとあった蛇から七つも八つも小蛇が生まれて、あわせて二十近い数の小蛇が虚子の胴も肩も覆いつつ鎌首をもたげていた。

いまや、虚子の身体のいたるところに蛇の頭があった。

「虚子さんの様子も、さっきよりもおかしい」

やってきた白兎に気づくと、虚子は「ひい」と喉を鳴らしてのけぞった。

「あぁ、うぅ――」と、虚子は逃げようとする。影の童子に何度封じられても、そうとしかできない生き物のように輪の外へ出ようとした。

「虚子、私のことがわかる？　白兎だよ。きみの師匠だった男だ」

白兎は呼びかけたが、虚子の耳に届いた様子はなかった。

さっきは「緋鳥」と名を呼んで怯えたが、それすらない。

言葉も、これまでのなにもかもを忘れたように、虚子は暴れ続けた。

緋鳥はぞっとして、目が逸らせなくなった。

(人だったことを忘れるって、こういうことなんだ――)

虚子はやがて、風にすら怯えはじめた。なにもかもが自分を責めるものに見えるというふうで、虚子を囲む影の童子にも、岩や草木にすらおののいた。

白兎の目が、いたましいものを見るように細まった。

「大丈夫、きみが怖がっているほど悪いことは起きていない。きみが殺すように命じられた皇子も、この子も無事だよ。もう大丈夫だから、落ちつこう。でも――どうして私に話してくれなかった」

虚子の悲鳴を吸うようにして、黒い蛇はいきいきと蠢き、首をのばしていく。

汗で照った頬にも、唾でしめった唇にも、枝分かれをした蛇の口先が這いはじめた。

虚子の身体がしっかり見えているのは、もはや顔だけだ。

白兎がじっとしているのが、緋鳥には理解できなかった。

「師匠が落ちこむのはわかるけど、あの蛇を虚子さんから離さなきゃ。虚子さんが蛇になってしまう。早くしないと――」

緋鳥は虚子のそばへと踏みだして、手を伸ばした。

「魂魄一振、万魔を灰と成せ、急急如律令――」

早口で唱えたのは、邪を祓う清めの呪言。

手のひらに蛍の色の光がにじみ、身体を乗っ取ろうと虚子の体表で蠢く蛇を弱らせ、虚子の結界に力を戻す――はずだった。

でも、弾かれる。

「えっ」

雷に触れたように手が痺れて、引っ込めた。

虚子の身体がぴんとのけぞり、光の枠が生まれて虚子の身体を包むほど、結界に力がみなぎった。

虚子を守ろうとする結界は緋鳥の破邪の光を敵とみなして弾き、身体に触れる葉や花びらすら弾いて飛び散らせる。でも、黒蛇を阻むことはなかった。

黒蛇はかえって勢いを得て、いっせいに鎌首をもたげた。大きく口をあけて、調伏しようとした緋鳥を威嚇した。

「持禁だよ。この子も得意だった」

青ざめた緋鳥の背後から、白兎のしずかな声がする。

「持禁をする同士が争うのはたいへんなんだよ。守りの技だからね。たがいに守り続けてしまえば、いつまでも終わらないんだ」

「争う？　わたしは虚子さんと争おうとなんか──」

「緋鳥はいま、その蛇を祓おうとしたでしょ？　私たちが知る彼ではないとしても、この蛇もこの子の一部なんだ。この蛇も含めてのこの子だから」

「あ──」

白兎のいうとおりだ。

その蛇は、虚子の後悔や怯えから生まれたものだからだ。

「所造天下大神にわが願いを聞こし召せと畏み畏み白す。大地に流るる母神の息をもってこの者に流るる水を眠らせよ」

白兎の低い声が土に染み、呪言が溶けた風が蒸気のように浮きあがる。

その風が虚子の周りを吹きはじめると、虚子の周りで枠をつくっていた光が薄れていく。白兎は、緋鳥が力を与えた虚子の結界をふたたび弱らせた。

「こうなれば、私がしてやれることは限られる。ひとつ目は、この蛇が育たないようにこの子の時を緩やかにさせること——いまやったのと同じことだ。でも、それがこの子のためになるとは、私は思わない。時を緩やかにさせるぶん長くなる寿命が尽きるまで、私はこの子を縛りつけることになる。この子は、このままだ」

白兎は、ため息をついた。

「ふたつ目は、時を緩めずにここに留めること。そう時を経ずにこの子は蛇に包まれるから、その方法では、この子はここで蛇の化け物として封じられる」

「みっつ目は、蛇になった後にまるごと消してあげること。退治だ」

白兎は唇をとじて、暗い顔をした。

「だめ」

白兎の言葉を遮って、緋鳥はこわばらせた頬を左右に揺らした。

「それは最後の手だ。その前に奥の手を試してみたい」

白兎は寂しそうに「そうだね」と笑った。

白兎の手が衣の合わせにのびる。腹のあたりから紙を一枚とりだした。

「手伝ってほしいんだ」

さしだされた紙を受けとって、緋鳥は息をのんだ。

霊符だった。白兎の紋と、天から授かった文字「神紋」が墨で描かれている。

はじめて見る紋だったが、一部だけなら見覚えがあった。

「これは——使役の霊符？」

自分以外のなにかを思いどおりに操るための霊符だった。

「うん。これを天鳥山の鳳凰へ届けてくれるかな。鳳凰の力を借りられたら、彼を助けられるかもしれない」

「鳳凰って——じゃあ」

使役の霊符を使う相手が、鳳凰ということか。

「うん」と、白兎はうなずいた。

「ただ、都合よく鳳凰がきてくれるかどうかはわからない。相手は京を守護する霊獣だ。私も、おのれの用のために呼んだことはない。もちろん、使役したこともない」

「え——」

「夜半まで呼んでもこなかったら、戻ってきてくれ。つぎは私が試しにいく」

「——わたしが留守番をしようか」

未知の方法を試すなら、はじめから白兎が出かけたほうがよいのでは——。

いうと、白兎は苦笑した。

「私がここを離れたら、眠らせている蛇が目覚めちゃうでしょ？」

「あ、そうか」

いま虚子は、土の上に伏して、眠っているように見えた。

虚子を覆おうとしていた蛇も一緒に眠りこんだようで、寝ぼけたような蠢き方にかわっていた。

白兎はきっと、虚子を眠らせる術を使ったのだ。

「緋鳥なら、できると思うんだ。火の扱いは得意でしょう？――って、この子もいっていたから」

白兎の目が向いたのは、地面に伏した虚子だった。

「緋鳥に出会った日に、彼がいっていたよ。『この子に炎が見える、この子は炎に愛された子だ』って」

「頼んだよ」と、白兎は笑った。


白兎から預かった霊符を胸の合わせにねじこみながら、緋鳥は二人に背を向けた。

「いってきます！」

（天鳥山へ）

めざすは鳳凰京の南側。まずは、鳳凰京まで戻らなくてはいけない。

時は真夜中に近いはずで、真っ暗だった。

しかも、藪の中だ。なじみのない夜道を駆けるのは至難の業で、道には小枝や木の実が無造作にころがり、うっかり踏んづけると足をとられてしまう。

同じ夜道でも、京中の大路とは大違いだった。

でも、走るしかない。

鳳凰京の東門、白兎と猫に姿を変えて越えてきた陽天門まで戻るが、緋鳥は藪から出る間際に足をとめた。

日没とともに閉門したはずの門が開いていた。

そのうえ、門前には二十人ほどが群れている。しかも、武装した兵衛ばかりだ。

(なにか起きた?)

青白い光をまとった人が何人もいて、もうもうと噴きあがる噴泉のように獰猛な光を放つ男もそこにいた。

緋鳥は咄嗟に藪の大樹の陰へと身を隠した。

光を携えた男が、大路で出会った左大臣だったからだ。

(どうしてあの人が――師匠は追手をまいたはずなのに)

様子をうかがっているうちに、左大臣は部下を集めて命令をくだした。

「よいか。この先の藪の奥に異様な光があると告げた禰宜がいたのだ。おそらく、偽呪禁博士を演じて恐れ多くも綾皇子に害を為そうとした恐ろしい敵だ。なんとしても今夜中に討ち取って、首を落とすのだ」

(えっ?)

駆けてきた方角を振り返ってみると、じんわりと輝く光が藪の奥に見えた。蛍の光に似た淡い色で、ほのかに光る程度だが、真夜中の暗闇の中ではかなり目立っている。

(虚子さんの持禁の光? でも、あの光は普通の人には見えないはずだ。呪禁師のずだ。

（左大臣の手下には禰宜もいるのか。どうしよう、知らせに戻ろうか……）

思い切り走れば、出立しようとしている一行よりも先に白兎のもとへたどり着けるは

禰宜や僧、陰陽師にも似た力をもつ人はいるのだ。

怨霊や祟りを祓うのは呪禁師だけではない。

そこまで思って、愕然とした。

〈目〉でしか――）

（でも、天鳥山にこれを届けにいかなきゃ――）

胸の合わせに、ぎゅっと手を押しつける。

布地の内側で、霊符の紙がかさりと音を立てた。

門前に集まった兵衛の一行は、呪禁師を怖がっていた。

「しかし、左大臣さま。呪禁師はあやしい術を使うのではありませんか。剣も火もかなわぬと噂をききましたが――」

「ああ、相手は化け物だ。手段は問わぬ。どのように殺してもよいと許す」

兵衛を率いる武官も、命令を加えた。

「みなに伝えておくが、その者は右大臣や綾皇子だけでなく、左大臣さまをも陥れようとしているという。左大臣さまに命じられたと申すかもしれないが、すべて虚言であるから、姿を見つけたら問答無用で征伐するように」

命令にこたえて、「はっ」と兵衛たちの声が揃う。

木陰からそうっと目を覗かせて、緋鳥は睨んだ。

(なんていう──。虚子さんに無理やりやらせたのは自分のくせに)

でも、慌てて首をひっこめる。

兵衛を率いる武官は「では、進め」と進軍を命じたが、一行が向かおうと進んだ方角が、ちょうど緋鳥が隠れたあたりだったのだ。

このままでは出くわすことになる。

(身体をちっちゃく、気配を消して──)

物に化けるとか、人ではない獣に化けるとか、そういう呪術を習得していれば都合がいいのだが、残念ながら教わっていない。

緋鳥は懸命に幹の裏で身体をひねって、一行から身を隠した。

その時だ。うしろからにゅっと手がのびてきて、口をおおわれる。

(誰──)

青ざめて力いっぱいふりほどこうとするが、緋鳥をつかまえた太い腕はそれを待ちかまえていて、びくともしなかった。

耳元で「しっ。俺だよ」と声がする。耳なじみのよい頼もしい声だった。

そろそろと振り仰ぐと、呪禁師の先達、蘭丈の顔があった。

ざっざっと、野道に積もった落ち葉を踏み歩く足音が、緋鳥と蘭丈が隠れた大樹の脇を通りすぎていく。

蘭丈は緋鳥をつかまえていた腕から力を抜いて、にやっと笑った。

「夜回りをしていたら、妙に慌ただしいもんだから気になってな。虚子が見つかったのか？」

「もう、おどかさないでよ」

緋鳥はほっと胸をなでおろした。

でも、それどころではなかった。襟につかみかかる勢いで蘭丈に向き直った。

「どうしよう、蘭丈。いまの人たちが虚子さんの居場所に気づいたみたい。見つかったら虚子さんがつかまってしまう――ううん、殺されてしまう」

「――白兎は？」

「師匠なら、虚子さんと一緒にいるよ」

「白兎と虚子は一緒にいるんだな？　なら、平気だよ。心配するな」

そこまでいって、蘭丈は緋鳥の胸元に視線を落とした。

「なにかもってるな。霊符か？」

「うん。師匠が鳳凰を呼んでくるようにって」

「炎の霊獣を？　どうやって呼ぶんだ」

蘭丈が目をまるくする。緋鳥も返事につまった。

「わからないけど――師匠が試してみろって」

「やり方から探せっていうのか。とんでもねえな。――待て。なにか話してるぞ」

蘭丈は緋鳥と話しつつも、木陰から左大臣を見張っていた。

左大臣のそばには、位の高そうな武官が一人残っている。

「きこう」

蘭丈は両手を組み、門のそばにいた左大臣のもとに念を送るような仕草をした後で、地べたに耳を近づけた。

前にもこんなことがあった。

その時と同じように蘭丈は地べたから緋鳥を見上げて、ちょいちょいと指を動かした。

緋鳥も真似をして土に耳をつける。すると、地面伝いに左大臣の声がきこえた。

『兵衛はこれだけか。残りはどこへいった』

『は。ご命令にしたがい京中であやしい者がいないかと探しており、集まりが遅れております。まもなくここへくるはずですが――』

『ならば、ここではなく南門に向かわせよ』

『南門――羅城門でしょうか』

『ああ。天鳥山（あまのとりやま）へ向かわせよ』

『京見の小山へ？　なにがあるのです』

『鳳凰がいるそうだ。鳳凰京の南方を守護する鳥の姿をした霊獣だ』

左大臣の声は、まだ見ぬ英雄を称（たた）えるように朗々としていた。

『さきほど呪禁博士からきいたのだ。鳳凰とは繁栄を約束する瑞鳥で、すばらしい天子が出現されると姿を現すそうだ。そうであるから、内親王を天子と認めるためにわが邸へと馳せ参じろと、鳳凰へ命じよ』

『鳳凰、ですか――』

『ああ。猟犬をつれ、縄をもっていけ。見つけたら縛りつけてつれてまいれ。偽の呪禁博士のせいで、わが名に泥が塗られ貶められようとしている。帝のお耳に入るのも間近だ。この泥を清めるのに、瑞鳥の祝福以上のものはなかろう。大陸では皇帝を表す羽族の長だそうだ。よいな？』

じっと耳をすましながら、緋鳥は身体が怒りで震えていくのを感じた。

（ひどい――）

名が汚れ、帝の耳に入るのが困ると左大臣はいったが、たったそれだけのことだ。悪いことをしたのなら、自分が報いを受ければいいのに。

その男が無理を命じた虚子は、いまや人の言葉も失って倒れている。

それどころか、化け物になりかけていた。その理由がたったそれだけのことだなんて。

白兎の寂しそうな顔が、ふっと脳裏に蘇った。

『生きていくためには、よくないと知りつつも知恵を売るしかなかったんだ――仕方ないよね』

仕方ない――とこらえながら、白兎はこれまでどれだけの人を見送ってきたんだろう。

思いだしたうつろな目があって、緋鳥はさらにきつく唇を噛(か)んだ。

綾皇子の身代わりにさせられた私奴婢(しぬひ)の少年だった。

『なにが起きるのかをその子で試していた』

そういって少年を向いた綾皇子の目は、物を見るようだった。

やってもやらなくてもいいような理由のせいで、寂しくて、言葉をつむぐ気力すらもたせてもらえない暮らしをさせられて、彼らはこう思って過ごすかもしれない。

——どうして生きているんだろう。

——こんなことをするために生まれてきたわけじゃないはずだ。

（いかなきゃ）

ぎいい……と重い音がして、東門が閉じた。

左大臣と武官が京内に戻ったのを慎重にたしかめて、緋鳥はそろそろと身を起こした。

「蘭丈、わたし、天鳥山へいく。鳳凰に霊符を届けてくる。師匠が、虚子さんを助けるにはそれしかないって——」

蘭丈は暗がりの中で笑っていた。

「ああ、わかった。やってみろ。典薬寮(てんやくりょう)も呪禁師(じゅごんじ)も、鳳凰京にいるすべての人を健やかに守るためにある。虚子のことも助けてやってくれ」

「あの、蘭丈。お願いが——師匠に知らせてあげてほしいの。追手がきているから気をつけてって」

蘭丈の返事は頼りなかった。

「どうだろう。やってはみるが、俺にたどりつけるかな」

「たどりつけるかなって——こっちの方角だよ。道なりに進んで、途中から藪の奥に入るの。たぶんすぐにわかるよ。虚子さんがまだ光っているはずだから」

道案内をしようと緋鳥は暗がりへ向かって指をさすが、蘭丈は首を横に振った。

「そういう意味じゃねえよ。まあ、一応やってみるよ。ただ、白兎は抜かりがないと思うがなあ」

「どういうこと？　ひとまず頼んだよ」

いまいちよくわからなかったけれど、白兎と虚子のもとへ向かう役は先達に託して、緋鳥は天鳥山へ向かうことにした。

兵衛たちの足音もずいぶん遠ざかった。それに、早くたどり着かなければ、天鳥山にも左大臣に命じられた兵衛たちが向かうはずだ。

「じゃあ、師匠たちをお願い」

「ああ。緋鳥、おまえも気をつけろ」

木陰で蘭丈と目配せをかわしたのを機に、緋鳥は幹の陰から飛びだし、藪伝いに南へ向かった。

(門前は気をつけなくちゃ。衛士に姿を見られたら、後で面倒だ)

猫に化けて壁を乗り越えてきたほどだ。

絶対に見つかってなるかと、緋鳥は前を向いた。

（誰と誰がつながっているかもわからないんだ。左大臣と侍医と宝物殿の役人は仲間だし、神祇官にもつながっている人がいるみたいだし、虚子さんみたいに私奴婢になっている人がほかにもいるかもしれない）

鳳凰京には、朱雀門以下、宮城十二門と京城三十門がそなわっていて、門のすべてに衛士がいる。

門に近づくたびに、衛士の目を気にしつつ通りすぎた。

衛士がよそ見をしていればそのうちに駆け抜け、見張っていれば見とがめられないように旅人のふりをしてのんびり歩いた。

外郭の外側からぐるりとまわって鳳凰京の南へたどりつくと、賑やかな都とはうってかわって田が広がり、耕人の家々があり、自然の野がひろがる。

野辺を抜けて天鳥山の入り口へさしかかると、あとはもう山を登るだけだ。

（内親王を天子と認めるために鳳凰に馳せ参じろ、だって？　鳳凰までが自分の思いどおりになると思ってるの？　なんてやつだ）

虚子のための怒りに、鳳凰のための怒り、白兎のための怒りと、毒に苦しむ少年のための怒りも抱いて、緋鳥は坂道を飛びあがるように登った。

山頂にたどりつくと、すっかり息が切れていた。

でも、東門からここまで、一度も休まずにたどり着いた。

よくここまでたどり着いたと、ひとまず自分をねぎらうが、はあ、はあ——と息を整えるあいだだけだ。

ここにきたのは、鳳凰へ霊符を届けるため。鳳凰を呼ばなくてはいけないのだ。

（霊獣を呼ぶなんて——どうすればいいの）

そんな方法は習っていないし、師匠の白兎すらそのすべを知らないという。

いまここで、方法を見つけなければいけないのだ。

（蘭丈のいうとおりだ。とんでもない話だ）

たどり着いてみてようやくことの大きさを噛みしめるが、やるしかない。

胸の合わせから取りだした霊符を丁寧に伸ばして、両手で胸に抱いた。

朔（さく）の晩に、ここではじめてお姿を見た恐ろしい火の鳥の姿。

星空のもとで真っ赤な両翼をひろげて天を渡っていく姿。

ごう……と家が焼け落ちる時のような烈（はげ）しい火の音や、巨大な松明（たいまつ）が真上を通りすぎていくような明るさや、熱、焦げた匂い。

はばたくごとに星屑（ほしくず）のように降った火の粉を、思い浮かべた。

——お願い。ここへ訪れてください。

——渡したいものがあるんです。どうか助けて。

白兎の念がこもった霊符だ。

これがあるよと伝えてあげれば、きっと鳳凰はきてくれる——そう信じた。

――くる。必ずくる。くる。

祈り続けるうちに、胸の内側に小さな光が見えた気がした。

針の孔くらいのひそかな光で、そこへすべての力をそそぎこむように祈ると、力をこめるごとに鳳凰へ近づく気がした。

まるで、祈りの塊が翼を得て天を飛ぶようだ。

遠さとか近さとか、そういう理が立ち消えて、祈りの強さとか心の向きだとか、そういうものだけが理としてまかりとおる異界に立ち入ったような――。

(なんだろう――ううん、いいや。合っているかどうかはわからなくても、いまはこれしかすべを思いつかない。続けよう)

見つけたふしぎな感覚が、きっと鳳凰へつながる道。

そう信じて、緋鳥は夢中で祈った。

長い時間が経ったのか、ほんのすぐだったのか、時間の感覚も消えていた。

意識は朦朧としていた。

ぼんやりとしているところに、物音をききつける。

――ぱちっ、ぱちっ。時おり夜風を弾きながら燃える、かすかな火の音だった。

目をとじたままそっと意識を向けると、囁きあうような男の声をききつけた。

『鳳凰など、まことにいるのか?』

『知らねえが、呪禁師連中は月ごとに捧げものをもってこの道を登るらしいよ』

『左大臣は鳳凰を捕らえよとお言いだったが、相手が鳥なら罠を仕掛けて待ったほうが良いのではないか？』

『それはいい。しょせんは鳥だものな――待て。猟犬が動かなくなった』

人が十人は集まっている。

緋鳥が駆け登ってきた山道を、列をつくって進んでいるようだ。

そいつらが誰なのか――考えればすぐにわかるはずだが、いまの緋鳥には思いだしてやることすら鬱陶しい。意識を逸らしたくなかった。

（この山にふさわしい心根じゃない。邪魔だ。その火も、邪魔だ）

息が乱れた――いや、乱した。

夜天に混じりあっていくような深い呼吸をしていたが、彼方まで伸びた意識の端で、緋鳥はふっと強く息を吐いた。

大樹の根が山裾まで深く達するように、緋鳥の息も天鳥山の麓まで染みていた。端っこに達していたその息は、山を登ろうとする男の手にあった松明を揺らした。

『妙な風が吹いた――なんだ？』

男たちの声が怯えて、闇を探りはじめる。

緋鳥は山頂にいながらそれにも気づいたが、気づいてしまうことが不快だ。

鳳凰を呼んでいるさなかで、祈りの塊が夜空を翔けようとしているところだというのに。

（気が乱れる。去れ。邪魔だ！）

尾があったならばその尾で厄介のもとをはたく気分で、ふっと強く息を吹く。

すると、男たちが手にした松明の火が宙で爆ぜて、壁のように横にひろがった。

天鳥山の麓で生まれたざわめきに、怯えがつのる。

『火が浮いた。もののけだ！』

火の玉になって宙に浮きあがった炎は、山道をとざすように入山を拒んだ。

男たちは悲鳴をあげた。

『霊獣がお怒りなのだ。どうかお怒りをお鎮めください。われわれは左大臣の命でまいったのです。左大臣があなたさまを邸までおつれせよと――どうか』

『命だけはお助けを！』

鳳凰を捕らえようともくろんでやってきた兵衛たちが、山から離れていく。

それでようやく、山頂にいた緋鳥の息が戻った。

下界で騒いでいたなにかが静まったらしい――と、高みから眼下をみおろすような気分で、緋鳥はふたたび息を夜天に染みさせた。

なにかは起きた。でも、なにが起きているかを知る必要が、いまの緋鳥にはなかった。

騒がしい気配に邪魔されることもなく、ふたたび祈りに夢中になった。

いまや緋鳥の息は、男たちを追い払った天鳥山の麓から、頭上のはるか天へとあまねく溶けていた。

星まで届けとばかりに、意識のすべてを捧げて祈りながら、おのずと蘇(よみがえ)ったのは、兄弟子の穏やかな声だった。

『きみは炎に愛されているね。きみが生まれた時に、炎の路(みち)をくぐってきたせいだ。すごいね、火の神様みたいだ』

在りし日の頼もしい笑顔を思いだすと、とじた目のきわが知らぬまに震えた。

——どうか、虚子さんを助けてください。お願いします。

——わたしを導いてくれた人なんです。どうか——。

(虚子さんを助ける——必ず助ける)

呪言(じゅごん)のように、星空のもとで唱え続けた。すると——。

なにかが近づいてくる気がして、とじていたまぶたを押しあげていった。

夜とはいえ、ひさしぶりに目をあけてみるとまぶしくて、目が眩(くら)みかけた。

雲一つない夜空には天いっぱいに星が鏤(ちりば)められていて、天の川に、夏の三角に、赤星に、色も光の強さもまちまちな星々が、天のすみずみから光を降らせている。

星がまたたく夜空の彼方に、真っ赤な光が灯(とも)った。

赤星に似た火の色をしていたけれど、緋鳥がじっと見つめた先で光はだんだん大きくなる。

ある時、赤い光の形が動いた。

翼の形だと気づいて、涙がこみあげかけた。

（通じた。きてくれた）

でも、安堵するのはまだ早い。

ここへ訪れる前に心変わりをされてしまったら元も子もないのだ。

霊符を胸に抱いて、緋鳥は祈り続けた。

――こっちです。お願い。届けたいものがあるんです。

――どうか訪れてください。

しだいに、緋鳥が立ち尽くした山頂がじわじわと熱くなった。

普通の人には耐えられない火の山のような熱さだが、緋鳥には待ち望んだ熱さだ。

熱で湯浴みをするように、くちびるに笑みを浮かべてさらに祈ると、熱い風が吹きはじめて、大翼が起こす風や、羽音も届きはじめた。

緋鳥の真上あたりに風と音が近づいた時、天鳥山の頂には、巨大な火の塊のような霊獣が降りたとうとしていた。

ばさり――最後の羽音とともに、ゆっくりと足先を頂上の土につけて、鳳凰が翼をとじる。

やってきた霊獣は、大門の楼閣ほどはあろうかという巨鳥。

首は蛇のように長く、身体には龍の鱗のような模様をもち、羽毛は五采。尾羽には魚の鱗の模様をもち、陸と海の生き物の身体をあわせもって天を舞う炎の霊獣――。

鳳凰は「何者か」と緋鳥を見つめて脅すようだったが、気合い負けをしている余裕はなかった。

——わたしはあなたに害を為さない。

——あなたの世話をするのが役目の、呪禁師だから。

白兎の声も思いだす。

『心を強く。食われると思ったら、食われるよ』

——大丈夫、食われない。食われるわけがない。

「わたしはこれだけできます」と鳳凰に伝えるつもりで、胸に抱きしめていた霊符を両手でさしだした。

「師匠に代わって、これを届けにきました」

すると、鳳凰は長い首をくねらせて、覗きこむ。

霊符に描かれていたのは「神紋」と呼ばれる文様だが、鳳凰は書簡でも読むかのような仕草をした。

「あなたの力を借りたいと、師匠はいっていました。お願いです。どうかお力をお貸しください。わたしの兄弟子を助けてあげてください」

この霊符が鳳凰にとっての書簡になるなら、なおさらしっかり読めるようにと、緋鳥は両手をつきあげて、鳳凰の顔に向くように精一杯霊符をかかげた。

やがて、ふう——と風向きが変わる。

鳳凰の長い首が垂れて、緋鳥のほうへと顔が降りてくる。鳳凰の顔が、緋鳥がさしだした霊符へと寄っていき、鶏に似た形のくちばしが霊符に触れた。

鳳凰は炎をまとっていて、霊符は紙だ。

火は紙に燃え移り、燃え移った火は、あっというまに紋の上を這った。

「あ――」

霊符が端から焼けて、焦げていく。

薄い紙なので、焦げるのもあっというまだ。

燃えた――と驚いて見つめるうちに、火は緋鳥の指先まで達して、霊符は跡形もなく燃え尽きた。

（どうしよう――お気に召さなかったのだろうか）

呆然として顔をあげると、鳳凰と目が合う。

緋鳥が見上げた先で、鳳凰は炎に覆われた目玉をきょろっと動かした。

愛嬌のある仕草で、『引き受けた』と、そういわれた気がした。

「ありがとう……」

でも、そういわれた気がするだけだ。霊符は燃やされて、どちらかといえば『どっと帰れ』と拒まれたような状況ではある。

（どういうことなんだろう）

立ち尽くしていると、ばさりと音がして、鳳凰の両翼が広がる。

鳳凰は緋鳥の顔をのぞきこんで、すこし身体を傾けた。背中を見せるような仕草だ。

『乗るかい？』

　そういわれた気がして、ますます驚く。

「いいんですか？」

　これも気のせいだったら、とんでもない独りよがりだ。

　そのうちにも、鳳凰はさらに背中を見せてくる。

『早くしなさい』と急かされる気がして、恐る恐ると緋鳥は鳳凰の背中に近づいた。

　京の霊獣、鳳凰の背中にまたがろうとするなど、解釈を間違えていたなら死罪に値するのでは――。飛び立った後で振り落とされてしまっても文句はいえない。

（でも、そういっている気がするもの。――いく）

　腹をくくるつもりで、緋鳥はうなずいた。

「お願いします。乗せてください」

　迷う時間もない。左大臣が放った兵衛が、すでに白兎と虚子のもとへたどり着いているかもしれないのだ。

（そうだ。急がないと。ここへ向かう兵衛もいるかもしれない）

　祈りを捧げながらなにかを追い払ったような――というのは覚えていたが、二度目がないとはいいきれない。

　ここにいたら、猟犬を率いた兵衛の群れと出会うことになるかもしれないのだ。

　緋鳥がごうごうと燃え盛る炎の霊獣にまたがって、細い首のうしろに手を添えると、ばさりと翼が羽ばたき、宙に浮いた。鳳凰が天に舞いあがった。

持禁は大の得意なので、炎は緋鳥にはなんの影響もなさない。

気をつけていれば、衣が焦げることもなかった。

じつは、害どころか、耐えるべきものと感じたことも緋鳥には一度もなかった。

持禁をして刃や怨霊を拒むのは邪魔者を追い払うような気分だが、火や熱が肌に触れたり通り抜けていったりするのは、緋鳥にとっては湯浴みに似ていた。

炎は緋鳥にとって心地よいもので、持禁という呪術は、炎と自分をつないでくれるありがたいものだ。

それに、鳳凰が身にまとう炎の清らかなこと。

水でいえば、ほとほとと湧きでる泉やさらさらと流れる清流のような、ふしぎな炎だった。

（やっぱり、なんて気持ちのいい炎なんだろう）

鳳凰の背中に乗せてもらっているあいだ、腰回りは出湯に浸かるようにぽかぽかとするし、羽ばたくたびに切り裂いていく夜風はひんやりして心地いいし。

しかも、空を飛んでいる。

鳳凰京の真上を飛び越えながら、緋鳥は真下の光景に唖然とした。

こんなふうに鳳凰京を見下ろす日がくるとは、思わなかった。

鳳凰にまたがってぶらんと垂れた両足のはるか下には、闇に沈んだ鳳凰京が広がっている。天鳥山から都を眺めた時よりもずっと高い。

真上から見ると、鳳凰京は見事に四角い形をしていた。壁に沿った門の周りに赤い火明かりが見え、内側にはぽっぽっと青白い光が散らばり、地上にある星空にも見えた。

真上にはまことの星空が広がっているので、星空と星空のあいだをくぐり抜けていくようだ。

(師匠が、あの光は人の強い思いだって――)

鳳凰京に散らばる青白い光は美しく、光が集まっているあたりなどは天の川にも似た。でも、その光は、恨みや憎しみ、妬みや、欲や――かなしい思いの塊だ。

青白い光が多く集まるのは、鳳凰京の北側が多かった。

帝が暮らす白鳳宮があり、貴族の邸宅が集まる北ノ京と呼ばれるあたりだ。

前に蘭丈と通りを歩いたことがあったが、大きな光がそこかしこに灯っていて、まるで星の街のようだった。

蘭丈はこんなふうにいっていた。

『欲にまみれた怨霊大路で剣をちらつかせるような奴らだ。もののけだろ』

蘭丈にとっては、北ノ京に住まう貴族のほうが、都にいる怨霊や化け物よりも恐ろしいものに感じるらしい――緋鳥も、すこしわかる気がした。

夜空を飛んだのは、そう長い時間ではなかった。
天鳥山から虚子が封じられた岩場までは、空を駆けるとほんのわずかで、飛び越して
いく絶景に息をのんでいるうちに鳳凰は降り立つ支度をはじめ、見下ろしていたはずの
暗い藪へと滑空していく。
白兎と虚子がいる場所は、よく目立った。
虚子のまわりに、ほんのりと淡く光る結界の枠があったからだ。
虚子は白兎の術で眠らされたままで、影の童子の囲いの中でぐったりと寝そべってい
る。
白兎は、弟子の寝姿を見守るように真正面に立っていたが、羽音をききつけたのか天
を仰ぎ、笑みを浮かべて鳳凰が降りてくるのを待ち受ける。
緋鳥は慎重に周りを見渡して、ほっとした。
「よかった。あの人たちはまだきていない――」
二人のほかに、人の姿はなかった。蘭丈の姿もなかった。
上空からも見張ったが、ここへ近づこうと迫る松明の明かりもなかったように思う。
鳳凰が地面に降り立つなり、緋鳥は胴から滑り落ちるようにおりた。
「師匠、大変だよ。左大臣の手下がここに向かってる。虚子さんをつかまえようとして
る。左大臣の手下の禰宜が、ここが光ってるのを見つけたんだって」
真剣にいったが、白兎は目をまるくして笑っている。

「すごい登場の仕方だね。鳳凰の背に乗ってくるなんて――。鳳凰を呼んでくれたんだね。ありがとう」

京を守る炎の霊獣、鳳凰にまたがって夜空を飛ぶなど、驚くべきことだ。

でも、それどころじゃないと、緋鳥は白兎につめよった。

「師匠、本当なんだよ。左大臣の手下がここへ向かおうとしてる。場所を移ろう」

「大丈夫、緋鳥。その人たちはこないと思うよ」

「そんなことはないよ。二十人もつれて東門を出てここへ向かおうとしていた。呪禁師を見つけたら問答無用で殺せって――」

「私は、緋鳥が間違ったことをいったといっているわけじゃないんだ。その人たちはここにこられないんだ、きっとね」

まるで、左大臣がさらなる追手を放つのを、もとから覚悟していたような口ぶりだ。

「――どういうこと？」

「緋鳥にしかここへたどり着けないように、道に細工をしておいたから。左大臣に命じられた人にかかわらず、ここには誰もきてほしくなかったからね――さて」

白兎が、鳳凰に向き合った。

姿勢をただして、神にさしむかうように恭しく立礼をする。

真顔をした白兎と目を合わせると、鳳凰は両翼を広げた。

示し合わせたように鳳凰はぶわりと舞いあがり、虚子の真上に降り立った。

鳳凰は炎をまとう火の鳥だ。

鳳凰が身にまとう炎が、みるみるうちに虚子の身体を包んでいく。

「虚子さ――」

緋鳥は悲鳴をあげたが、白兎の手のひらが肩に乗る。

「大丈夫。鳳凰の炎は聖なる浄火だから。あの炎がきっと虚子を焼き清めて、焼きたいものだけをきれいに焼いてくれるよ」

そのうちにも、炎は生き物のように燃えあがって虚子の身体を覆った。

虚子を囲んでいた影の童子たちが熱風にあおられ、炎を熱がるそぶりをするので、白兎は解呪を唱えた。

「もういいよ。手伝ってくれてありがとう」

残ったのは、地べたに伏して、鳳凰の火に身を焼かれる虚子だけだ。

「師匠、焼き清めるって――」

心配になって緋鳥が尋ねると、白兎は淡々と答えた。

「さっきの霊符にはね、こう書いておいたんだ。鳳凰の浄火で、あの子の才覚を焼いてもらえないかって」

「才覚を？」

「生まれ持った特別な力――持禁ができる力や、見えないはずのものを見る呪禁師の〈目〉や、呪禁（じゅごん）の技を身に着けられるかどうかが決まる素質だね。失えば、取り戻すことは難しいはずだ」

「それを、鳳凰の火が焼いてしまうの？」

「鳳凰はわかってくれたと思うよ。その証に、火に包まれていても虚子の身は髪も衣もいっさい傷ついていない。きっと、彼の身体の奥底の芯のほうだけきれいに消し去ってくれる。呪禁師の才覚が理由で生まれた自分を呪う化け物も、焼いてくれるよ」

ようやく緋鳥は、白兎が鳳凰を呼んだ理由がわかった。

「虚子さんを取りこもうとしていたあの黒蛇が消えるっていうこと？　人でいられる？」

「うん、まにあったはずだよ。もうすこし遅かったら――」

白兎の術で眠っていた虚子は、いまは気を失っているように見える。

ぐったりと寝そべり、鳳凰の足元で動かなくなった。

それでもまだ、炎は燃え盛っていた。

白兎は虚子をじっと見つめて、ぽつりといった。

「――つらい目にあったね。おまえに頼ってもらえる師匠でなかった自分が悔しい。すまなかった」

白兎はおのれを責めて、自分の胴をたぐった。

白兎は見慣れぬ袋を背中にかけていた。

「旅の支度を彼に渡そうと、もってきたんだ」

「いつもは持ち歩かないものをもってると思ったら、そういうことだったんだ。虚子さんに旅をさせるため？」

「うん。京の近くにいたら、お尋ね者になっちゃうからね」

しばらくして鳳凰がそばから離れると、虚子の身体を包んでいた炎が小さくなり、消えていく。

虚子は地べたに倒れ伏したままで、動くこともなかった。

真夜中の暗がりの中を白兎は虚子に近づいてうずくまり、身体に結わえていた袋をはずして、虚子の胴にくくりつけた。

「おまえの未熟は私の未熟の所為。この先どうか幸あらんことを──私のぶんまで」

手のひらを弟子の額にのせて別れの祈りをつぶやいたのち、白兎は立ちあがった。

「これで、気づくでしょ。目が覚めたら旅に出てくれればいい」

「もう、いくの？」

「目が覚めるのを待つべきではないと思うんだ。この子は私に会いたくないだろうしね」

白兎が寂しそうに笑う。

緋鳥も目を伏せた。

「なら、きっとわたしにも会いたくないよね」

虚子にとっては、緋鳥も白兎も裏切った相手だ。

一度は妬みや恨みを抱いたはずだが、それをわざわざ虚子に思いださせたくはなかったし、悔やんでほしくもなかった。

顔を合わせれば虚子はきっと詫びの言葉を口にするだろうが、そんな言葉ももう口にさせたくない。ただ、元気に暮らしてほしい。

「でも、伝えたかったなぁ。師匠があげた旅の支度みたいに、わたしも虚子さんを助けたいんだよって。許してくれって頼まれなくても、なにもかも許してるよって——」

緋鳥がつぶやくと、白兎は「そうだね」と指を顎にかけて、考えるようなそぶりをした。

「なら、幻術をひとつだけ教えてあげようか。言霊を残す術だよ」

「言霊？」

「思いを宿した言葉をここに残していくんだ。彼が目を覚ましたら、きっと耳に届くよ」

「言葉が届く？　本当に？」

「うん。書簡と同じだよ」

白兎はうなずいて、笑った。

「書簡っていうのは、届いてほしいという祈りでしょ？　会って話そうが、字を送ろうが、念だろうが、たがいに受けとめ合おうとすれば、届くものだよ」

緋鳥は、〈目〉を使えるようになってから教わるという幻術を、はじめて習うことになった。

習ったばかりの幻術を終えた後も、虚子はわずかたりとも動かずに、おのれの影に重なるようにして土に倒れている。

緋鳥は白兎と並んで、虚子の姿をじっと見つめた。

これが最後の別れだ——と、その場に立ち尽くして、祈った。

「旅に出た後で、虚子さんが幸せに暮らしてくれればいいね。そうじゃなくちゃ、かわいそうだ」

「私もそう思う」

白兎は力強くうなずいた。

「悪事に手を染めた弟子を叱るのは私の役目だけど、こうなった理由は彼にだけあるわけではないからね。旅立ちを見送るのも心苦しいよ」

「でも、きっと追手がくるよね。あの左大臣があきらめるわけがないよね……」

綾皇子を殺そうとした罪をうやむやにしたところで、虚子は、左大臣にとっては野放しにできない存在だ。

手先となった者であると同時に、左大臣の悪事の生き証人なのだから。

右大臣のもとに駆けこまれる前にと、左大臣は虚子を捜し続けるだろう。でも——。

「もう。どうして虚子さんが逃げなくちゃいけないのよ。悪いのは左大臣のくせに」

緋鳥はいらいらと吐き捨て、白兎を見上げた。

「ねえ師匠。わたしもしばらく旅に出ようかな。虚子さんのふりをして反対側の方角へ向かって、あやしい呪禁師(じゅごんじ)がいるって噂になったら、虚子さんが遠くへいけるまで時間をかせげるんじゃないかな」

そこまでいって、緋鳥は苦笑した。

「というより、わたしもお尋ね者になっちゃうかな。虚子さんに罪を着せられなかったら、左大臣はわたしに罪を着せるつもりなんだものね？　きっとこれからも、左大臣があきらめるまで逃げ続けなくちゃいけないよね。ずる休みが増えちゃいそう」

朝廷のもとで働く官人には、職に就くべき者かどうかを判じる考課がある。

欠勤が多かったり怠けがちと判じられたりすれば「不良」と評価されて、いずれは役を解かれてしまうのだが、最近の緋鳥といえば、萩峰氏に目を付けられたせいで欠勤が続いている。

さらに左大臣の目をかいくぐろうと休む日が増えれば、降格されるのは時間の問題だ。

ただしそれも、ひどいとばっちりだ。

他人を呪いたくなる気持ちもわかると、緋鳥は思った。

やろうとすればできてしまう身なので、大きな声ではいえないが。

「あぁあ、せっかく呪禁師になったのになぁ」

やりきれなくて、ため息をついたところだ。

白兎の目がすっと動く。白兎が見つめた先は、炎の霊獣、鳳凰だった。

「困るよね。だから、私にもひとつ案があるんだ」

鳳凰は翼をしまった巨体をちょこんと狭めつつ、会話にまじる仲間のようにそばにいた。

白兎は鳳凰の正面まで歩いていって、あらたまったふうに恭しく立礼をした。

「お力をお貸しいただき、深くお礼もうしあげます。あなたの浄火によって私の弟子を守ることができました。せめてものお礼に、竹の実をご用意しております。ぜひ」

すると、霊獣の目がにやりと細まった。

人だったらくっくっと肩を震わせて大笑いするような仕草で、蛇のように長い首を大きく揺らした。

言葉はないが、愉快げな仕草でこんなふうにいっている。

『うまいように言いよって』

それから、鳳凰はぶるりと身体を震わせた。

蛇のように長い首をぶるんと振り回し、それをきっかけにして巨体が波打った。

震えの波が、炎を揺らめかせながら巨体にあまねく伝わると、胴を覆う龍(りゅう)の鱗(うろこ)模様が震え、尾羽がぴんと伸びた。なにやら、気合い入れでもしているようだ。

白兎が笑った。

「かさねがさね、深くお礼もうしあげます」

白兎は、秘密裏に事が進んだような言い方をした。

鳳凰の様子を見つめるうちに、炎をまとった両翼が広がり、宙を掻(か)く。

ぶわり――羽音をたてて夜空に舞いあがったかと思うと、鳳凰は真っ赤な翼を羽ばたかせて、満天の星のもとへと飛び去った。

「いっちゃった――」

どこへ――と行方を目で追うが、そう遠い場所ではなさそうだ。

鳳凰は鳳凰京の方角、しかも京の北側、貴族の邸（やしき）が集まっているあたりへ向かっていた。

天高く舞いあがりすぎることもなく、火の玉が降るようにゆっくりと降りていく。

あの方角は、もしや――。行方を見つめて、緋鳥はつぶやいた。

「鳳凰は左大臣の邸へ向かったのかな」

「そうかもしれないね」

「なんの用で？　あっ、そういえば」

緋鳥ははっと思いだして、青ざめた。

「鳳凰を追いかけなくちゃ。左大臣の邸はあぶないよ」

「あぶない？」

「左大臣と会った時に、師匠が鳳凰の話をしたでしょう？　左大臣はそのことを覚えていて、鳳凰を自分の邸につれてこさせようとしたの。武官に天鳥山（あまのとりやま）へ向かわせて、内親王を天子と認めさせるのに鳳凰を馳（は）せ参じさせろって。わがままだよね！」

緋鳥はいらいらといったが、白兎はふふっと笑った。

「そうなんだ。そんなに左大臣は、ご自分の邸に鳳凰を呼びたいんだね」

「笑ってる場合じゃないよ。そもそもは師匠が鳳凰の話をしたからじゃない。あの欲深じいさんがそんな話をきいたらそうなるよ。鳳凰にとっても迷惑じゃないの」

「なら、その武官たちがもう天鳥山に押しかけているかもしれないね」

「とっくに押しかけていたよ。山の麓で、しょせんは鳥だから罠を仕掛けろ、だっけな、ひどい話をしていたよ」

苛立ちが蘇って緋鳥はぶつぶついったが、白兎はかえって苦笑した。

「そんなことがあったんだ。なら、鳳凰もすでにご機嫌ななめだったかもしれないね。――あっ、しまった。忘れ物をしてしまった」

白兎が、芝居がかった声を出した。

「突然どうしたの。忘れ物って、いったいなにを……」

「左大臣邸にうかがった時に、大事なものをうっかり置いてきてしまった。館の屋根の上に、竹の実を」

「竹の実って、たしか――」

鳳凰は竹の実を食すのだと、緋鳥は教わっていた。

ただし、竹の花が咲くのは百年に一度。竹の実が生るのはさらに珍しいことだ。

「鳳凰の好物で、なかなか手に入らないものなんでしょう？　そんなものを持っていたの？」

「たまたま持ち合わせがあったんだよ」

「でも、たったいま、捧げものの竹の実をご用意しておりますって、鳳凰に話していたじゃない。その実を左大臣邸に忘れてきたってこと？　ありえないでしょ」

白兎はくすくすと笑っている。

「だって、鳳凰が気づいたら召しあがってくれればいいなぁとは思っていたけれど、まさかこうして直に話せる時がくるとは思わないじゃない？　鳳凰を呼んでくれた緋鳥のおかげだよ」

「気づいたら、召しあがって？」

白兎がのらりくらりと話すので、緋鳥は首をかしげた。

「それに、屋根の上に忘れ物？　どうやったらそんなところに……」

「細かいことはいいじゃない」

白兎は笑って、「そろそろ帰ろうか」と緋鳥の背中に手を置いた。

「鳳凰が空から竹の実を見つけたなら、喜んだろうね。めったに口にはいらない好物だよ。上機嫌になって、もしかしたら、すこしくらいお姿をみんなにも見せてくれたかもしれないよね？」

緋鳥は後から知ることになったが、左大臣邸では、お祭り騒ぎが起きたらしい。

荘厳なまでに美しい星空の夜、太陽のごとく煌びやかな光をまとった炎の霊獣、鳳凰が、左大臣邸に飛来したのだとか。

「左大臣さま、あれこそが鳳凰京の南方を守護する霊獣、鳳凰でございます。左大臣さまの栄華を約束するために、はるばる馳せ参じたのでございますよ。あなたが後見をつとめる内親王さまをすばらしい天子と見込んで、言祝ぎにいらしたのですよ！」

夜半ではあったが、みな飛び起きて庭に出て、邸の上を旋回したのちに屋根に降り立った火の鳥を指さし、歓声をあげたのだとか。

「百年に一度の瑞兆だ。左大臣さまの栄華は間違いない」

「左大臣さま、万歳！」

「左大臣さま、弥栄！」

夜半にうっかりやってきた朝の光のように、炎の霊獣は屋根の上で煌々と輝いた。

騒ぎ声に起こされた近隣の人も「なにごとか」と光のもとを探しては声を出して人を起こしたので、左大臣邸の周りはたいそうな騒ぎになったのだという。

大勢が見守る中、鳳凰はしばらく左大臣邸の屋根にとまってみせた。

「なんと美しい――あの堂々としたお姿を見よ。左大臣さまの栄華を示しているようだ」

人々は両手をあわせて拝んだり、どよめくほどの歓声をあげて称えたり。

当の左大臣も、満足顔でこういったという。

「じつは、私が呼びにいかせたのだ。私が命じれば、鳳凰すら話を聞き入れて、言うとおりにするということだな」

「おお、左大臣さまがお命じに――」

天鳥山から戻ってきた武官たちもほっと胸をなでおろしてそばに膝をつき、こう申しあげたという。

「はい、左大臣さま。たしかに我々は、ご命令にしたがって天鳥山に向かい、鳳凰に告げてまいりました。左大臣さまが邸へお呼びである、と」

「うむ、よくやった。誰か、屋根に登って鳳凰をとらえよ。瑞兆をあらわす皇帝の鳥だ。帝へ献上し、内親王を皇太子にすべき徴であるとお伝えせねば――」

左大臣が自慢げに話したところだ。

大屋根にとまった鳳凰の足元から、火がついた。

鳳凰京の鳳凰は、燃え盛る炎をまとった火の霊獣。

つねに燃えているのだから、その霊獣がとまった大屋根ももちろん燃える。

「あれ？　燃えておりますね――」

大屋根は木材で造られているので、いったん火がつけばいとも簡単に燃えひろがる。

みるみるうちに、大屋根が炎で真っ赤に染まったのだという。

「燃える、私の邸が――」

燃えた先は屋根で、思いどおりに水をかけて火を消すこともかなわぬ場所だ。

指をくわえて見ているしかできなかったが、誰かは機転を利かせた。

「燃えてはおりますが、あれは、鳳凰京を守護する霊獣がもたらした聖なる炎です。清らかな炎に包まれて、この燃え盛る火のように左大臣さまのお力はますます強く、堅固なものとなりましょう。左大臣さま、万歳！」

「左大臣さま、弥栄！」

　ものはいいようだが、誰がどう見てもやけくそだ。

　表向きには瑞兆を祝われながら、そう時も経たずに、左大臣邸は焼失したという。


　左大臣邸で起きた火事は、鳳凰京の名物、早朝の大移動のお供にまたたくまにひろがり、鳳凰京中の人が知るところとなる。

　翌朝、典薬寮（てんやくりょう）へ出仕したのち、緋鳥は白兎に尋ねた。

「ねえ、鳳凰のお世話は呪禁師（じゅごんじ）の役目だよ。火事はわたしたちのせいだって、左大臣が難癖をつけてくるんじゃ――」

　緋鳥は不安になったが、白兎は知らん顔をして笑っている。

「まさか。左大臣はご自分で鳳凰に馳せ参じろと命じたらしいんだよ？　それに、左大臣にあったあの光が小さくなっていたから、昨日よりはもうすこし思慮深く考えてくださるんじゃないかな」

「光が？」

「鳳凰がまとう炎は聖なる浄火だからね。左大臣の胸を荒らしていた邪（よこしま）な光も、焼いて清めてくれたはずだよ。あのまま膨らんだら、さらにたいへんなことになったよね」

たしかに、左大臣邸が焼けてからというもの、あのあたりにずっとあった噴きあがるような獰猛な光が、いくらか小さくなった。

「でも、鳳凰は師匠の使役の霊符に呼ばれて――ううん、そういえばあの時、師匠は鳳凰と妙な目配せを……」

「妙な目配せ？　なんのことだい？　私はなんにも知らないね」

「師匠――」

左大臣にまつわる噂話といえば、もうひとつふしぎなことが起きていた。

昨日の夜に意気揚々と東門を発った兵衛の一行が、朝になってから疲れ果てて戻ってきたという。

「そういえば、虚子さんを襲いにいった人たちが京の外で迷子になっていたらしいよ。進んでも進んでも、同じところをぐるぐる回るようだったって――」

「ふうん。夜はもののけの時間だしなあ。いたずら好きのなにかに化かされたかな？　それとも、たんに迷ったのかな。いずれにせよ、朝になって戻ってこられてよかったよね」

「これって道切……そうだよ、道に細工をしたって、師匠がたしか――」

白兎が話していた幻術なんじゃゃ――。

緋鳥はじとっと見つめたが、白兎はいつもどおり。

「なんのことだい？　まあ、左大臣も、帝や鳳凰京の民のために放ってはおけない恐ろしい事件だと思ったならば、たしかめたうえで退治せよと典薬寮へお命じになるはずだよ。でも、依頼もきていないね」

「それは、そうだよ――」

鳳凰京の法のもとでは、呪禁師に仕事を依頼すれば記録が残る。

迷子になった一行は、どこへ、誰を捕らえにいく途中だったのかと説明するべきだが、根掘り葉掘りと尋ねられると都合が悪いのは、左大臣側のはずだ。

かえって墓穴を掘ることになりかねないのだから。

「放っておけばいいんだよ」と、白兎は笑った。


その日のうちに、緋鳥は、右大臣邸へ向かった。

いわれたとおりに借り物の服を着て女官に化けて、門番に用を告げ、やってきた玄継に届け物をした。

「薬をもってきました。うまくやったので記録は残していません」

必要な薬は、緋鳥が見つけた薬草を代にして前借りさせてもらうことにした。

典薬寮で薬種を管理する役人に、こっそり頼みこんだのだ。

典薬寮に勤める者なら、みんな顔見知りで身内のようなものだ。幼いころからそこで働く緋鳥にとっては、困ったことがあれば真っ先に頼むべき人たちだった。

「お願いです。これを煎じてあの子に飲ませてください。この霊符もそばに置いてください」

薬を包んだ布の内側には、病気平癒を念入りに祈願した霊符も添えた。

なにができる？——と考えて、思いついたことはすべてやった。

玄継は手渡された包みをじっと見下ろして、「恐れ入った」と笑った。

「この玄継、萩峰の名に誓って引き受けた。それにしても、呪禁師の娘はまことに高潔だ」

天鳥山

蘭丈は、左大臣邸が炎上したところを見ていたらしい。

「思ったとおり、藪の道は人が進むにはおかしなことになってるもんだから、早々に京へ戻ったのよ。そうしたら、北ノ京がやけに賑やかなもんだから――」

「道がおかしくなってたって、もしかして、師匠の道切っていう術のせいじゃ……」

白兎が仕掛けた幻術なのでは――。尋ねると、蘭丈は軽くかわす。

「なんだって？　よくきこえなかったよ。それでな、どういうわけか鳳凰が飛んできて、よりによって左大臣邸の屋根にとまって、あっというまに丸焼けになっちまってよ。俺はもう、笑いをこらえるのがたいへんだった。あぁ、うまいことやりやがったなと――」

「うまいこと？　そうだよね、鳳凰は師匠の使役の霊符に呼ばれて――」

「いや、典薬寮はいっさいかかわりがないだろ？　噂だと、左大臣が鳳凰へ自分の邸へこいって命じたらそのとおりに鳳凰がやってきて、邸が火に包まれたそうだよ。万歳だの弥栄だの、夜中だってのに、えらい大賑わいだったぞ」

まともに話す気は、蘭丈にはなさそうだった。

呪禁師同士の絆と口はかたい。

「それより、緋鳥(ひとり)。見てたぞ。鳳凰に乗って空を飛んだな。前代未聞だ」

蘭丈はそれも見ていたようで、大声で笑って称(たた)えた。

「呪禁師にも得手不得手がいろいろあるが、おまえは持禁(じきん)が抜群にうまい。中でも、火の扱いはかなう者がいない。あの霊獣にも気に入られたみたいだし、俺が去るかわりに、すばらしい呪禁師が一人生まれるんだ。こんなに嬉(うれ)しい最後はねえよ」

蘭丈は緋鳥がまことの呪禁師になれるように引退するのだといっていたが、心は変えなかった。

「呪禁(じゅごん)の道に誓っての約束だ。俺のぶんの席を譲ってやるよ。俺が薬草園にいったら、とんでもない上物の薬を都へ送ってやるからな」


左大臣邸炎上の報をうけて、右大臣の側もひとたびは怒りをおさめたらしい。

数日後にまた薬を届けにいくと、招き入れられた門の内側で、玄継(くろつぐ)は緋鳥にこういった。

「天罰が当たったのだろうと、綾皇子(あやのみこ)も腹をかかえて笑っておられた。『ばーか』とお言いになって」

「――綾皇子も、一言多いお方なんですね」

化け物のように冷ややかな態度をとる神童でも少年らしい面があるのだなと、緋鳥は妙にほっとした。

「館をまるごと建て直すわけだから、財の痛手も大きいはずだし、どうみても天罰のような炎上を『万歳』だの『弥栄』だのと祝っていたというのだから、間抜けでしかたない。しばらくはおとなしくしているだろうな」

しなくて済むなら、報復などしなければいいのだ。報復は必ずつぎの報復を生むのだから――と、玄継はいった。

その日は、毒見役をになった少年を診させてもらうことになっていた。

邸の奥へ招き入れてもらうが、玄継は緋鳥の身なりを見て残念がった。

いつもの男装じみた恰好に戻っていたからだ。

「女官の姿できてくれればよかったのに。似合っていたのだが」

左大臣側の目をくらますために女官に化けよ、といわれていたが、左大臣と右大臣の争いはひとまず落ち着いた。

緋鳥がどこへいこうが、目を光らせている者はもういないだろうし、いまの左大臣にとっては呪禁師も鳳凰も、見たくもかかわりたくもない相手だろう。

散々な目にあったのだから。

「いいえ、借りたものですから。汚さないうちにお返しいたします」

きっちりたたんで携えてきた衣裳をさしだそうとすると、玄継は首を横に振った。

「もっていてくれ。気が向いた時に着てくれればいい」

「気が向く時はこないと思いますから。くださったとしても、売ります。墨と筆を買います」

きっぱりいうと、玄継は苦笑した。

「なら、墨と筆もつけるから、もっていてくれ」

薬湯と霊符がうまく効いているようで、少年の具合はすこしずつよくなっていた。肌に艶が戻り、うつろだった目もしっかりしてきた。

何度か診て感じたが、薬と霊符に加えて少年を癒したのは、誰かに看病されたことだったのではないだろうか。

少年は、緋鳥が訪れるたびにほっとした笑みを浮かべるようになった。帰り際には「いかないで」と寂しがるようにもなった。

毒を食らったことよりも、綾皇子のふるまいに傷つけられた心のほうが痛手だったのでは――。

土間を出て、門に向かいながら、緋鳥は玄継にそう話した。

「あの子の親は――」

「いない。孤児だ。市で買われた」

私奴婢は銭で売り買いができる身分だ。

とくに子どもは、貧しい親が売りにくることもあった。

緋鳥はため息をついた。

「わたしもかつては人買いのもとにいました。典薬寮の師匠に助けられて、育ててもらいましたが」

そのころの記憶といえば、侘しさとひもじさと、むなしさばかりだった。

白兎や兄弟子との暮らしが、なにもかもを塗り替えてくれたのだ。

「玄継さま、どうか、あの子に時々お声をかけてあげてください。あなたでなくても、世話を焼いてくれる誰かをつけてあげてくれませんか。ほら、病は気からっていうでしょう？　当人の気もそうですが、周りの目がまず温かくならないと、治るものも治りません」

「そうか——やってみよう。おれも負い目がある。あの子は綾皇子の代わりをになったのだ。武官であれば勲をもらってしかるべきことを、あの小さな子に任せてしまったのだからなぁ」

「そうです、玄継さま」

ほっとして、緋鳥は笑いかけた。

門を出る間際にあらたな薬の包みをさしだすと、玄継はすこし驚いた。

「あの子のための薬だな。しかし、今日はやたら物が多いな」

その日にかぎって、布包みの内側には木簡をいくつもしのばせてきた。

「はい。わけあって」

病気平癒の霊符もまぜたが、一番上にかさねた木簡はまた別のものだ。

薬を包んだ布の結び目の下に、霊符とは異なる風体の字がのぞいている。

玄継も、それに気づいた。

「これは書簡か？　誰あての――まさか」

頬をほんのり赤らめて、玄継の指が布包みの内側からそうっと木簡をひきぬいた。

その木簡には、こう書いておいた。

神童泰而不驕、小人驕而不泰

手元で木の面を覗きこむと、玄継は息を漏らした。

「これは――」

「綾皇子へお渡しください。いくらつぎの帝となられるかもしれないお方でも、あの子への接し方は、人の道をはずれていました」

緋鳥が書いたのは、大学寮の学生が学ぶ人としての心構えを書き換えたもので、「神童は落ち着いていて威張ることがないが、普通の人は驕りたかぶって落ち着きがない」という意味を込めた。

「神童」は、綾皇子の呼び名として都中で知れ渡っている。

つまり、威張ってばかりのおまえは神童などではない――と綾皇子を卑下した文だ。

「痛い言葉だな」

玄継は困り果てたが、最後には苦笑した。

「よいのか？　ここだけの話だが、綾皇子はわりと冷血だぞ？　怒らせたら恐ろしいぞ？　そうは見えないかもしれないが――」

「存じていますが」

むしろ驚いたのが、玄継がわざわざ「ここだけの話だが」とか「わりと」とか「そうは見えないかもしれないが」と断りを入れたことだ。

玄継の目からは、少々気難しいこともある程度の愛らしい少年に見えているのだろうか。緋鳥にとっては、化け物めいた末恐ろしい童にしか見えなかったのだが。

「なんというか、目って、人によって見え方がかなり違うものなんでしょうね」

「どういうことだ？」

「いえ、なんでも」

緋鳥は口をとじたが、玄継も別の話をはじめた。

「しかし、がっくりとした。書簡というから、てっきりおれへの恋文かと――」

「なぜそうなります？」

この男はやっぱり面倒くさいな。

そう思ったが、ぐっと耐える。よけいなことはいうまい――。

無言は時に人を美しくする。玄継は緋鳥を称えた。

「綾皇子が相手だというのに――お叱りを受けるかもしれぬとわかって人道を説こうとするなど、おまえはまことに高潔な女だな」

「そんなことはないと思います。ただ、一度こうと思ったら筋をとおさないとすまない性分なんです。だから、自分のことも責めています」

緋鳥はくちびるを嚙(か)んだ。

腹痛に苦しみ、頰に涙の筋をたくさんつけて、「誰も助けてくれない——」と、生まれてきたことを悔やむような目が、いまでもまぶたの裏に焼きついている。

「そんなことはない、わたしがいる」と手をさしのべたけれど、思うようには救えなかった。

「あの子を救えずに、なにが呪禁師(じゅごんじ)だと、おのれの力のなさを責めました。わたしたちがすべきは、鳳凰京のすべての人を健やかに守ることなのに」

緋鳥は玄継の目をじっと見上げて、いった。

「綾皇子に害を為(な)そうとした左大臣は天罰を受けたと思いますが、綾皇子も悪かったではないですか。それなのに、誰からも責められないのはおかしいです。あの子のぶんだけでも、わたしに綾皇子を責めさせてください。だから、どうしてもその書簡を渡してほしいんです」

玄継は苦笑した。

「わかったよ。なら、おれもともに責めを負おう。おれも、ゆくゆくは政に身を投じるはずだ。鳳凰京の民を守らずにいったいどうやって政ができるのか——おまえはそれを、おれに教えてくれたわけだ。書簡を見て綾皇子が不機嫌になられた後のお世話は、おれにまかせてくれ。——しかし、これはとんでもない呪符になると思うぞ」

「呪符？」

「ああ。厭魅の呪符はあの方には効かないが、これは効くと、そういったのだ」

それから玄継は、照れくさそうに笑った。

「綾皇子からおまえへのお叱りはないと、おれが約束する。だから、この邸を避けるようなことはしてくれるな。必ずまた寄ってくれ」

「それは、ぜひ。あの子がよくなるまで、かよわせてください」

「あの子が治ってもだ。ぜひきてくれ。仮病をつかってでもおまえを呼ぶかもしれない」

「仮病？　それは困ります」

典薬寮にいる呪禁師はたった六人だ。

依頼が多く集まれば人手が足りなくなることもある。

仮病はただのわがままだ。そんなものを理由に呼ばれたなら、本当にいくべき人のところへいけなくなるではないか。

不機嫌に目を細めた緋鳥に、玄継は、ははっと笑った。

「冗談だ。おまえに会えなくなるのが寂しいといっているんだ。おまえみたいな娘は鳳凰京広しといえども他にはいないから。よいか、たびたびここに寄ってくれ」

「ええと、用があれば――」

「そういうな。墨と筆を用意しておくから」

「そういうことなら、ありがたく。お休みの日にうかがいます」

緋鳥がうなずくと、玄継は満足げに笑った。

「待っているぞ。気をつけて」

「はい、では」

玄継は、わざわざ門前まで見送りに出てくれた。

丁寧に立礼をして、緋鳥は右大臣邸を離れたが、しばらく歩いてから振り返っても、玄継は別れた時と変わらない場所にいる。

緋鳥が振り返ると玄継はまた手を振るので、緋鳥もお辞儀でこたえた。

目が合ったので。それが筋だ。

（いい人だけど、ふしぎな人だな）

右大臣邸から遠ざかりながら、緋鳥は首をかしげた。

緋鳥にとっての玄継の印象は、「右大臣の子」と「まじめすぎて面倒くさい人」だったが、「墨と筆をくれる人」と「やたらと見送りが長い人」が加わることになった。


その日は朝からいい天気で、空には雲ひとつなかった。

鳳凰京を囲む山々も青々として、すがすがしい夏風が吹いていた。

（いこう。なんとなく、風に吹かれたい気分だ）

緋鳥の足は鳳凰京の南へ——天鳥山の頂へ向かっていた。

山道があるとはいえ、さほど登る人もいない山だ。

道を踏み分けて登る人よりも、繁ろうと葉や茎をのばす草木のほうが多いので、山道は細い。

かすかに土がのぞく程度の道筋を頼りに、緋鳥は山を登った。

山を登ると、胸が弾んだ。空に近づく気もした。

(師匠が、鳳凰は空模様がよい日に飛ぶっていってたけど、こういう気持ちなのかもしれないな)

爽やかな青空に近づいていくのを楽しむように草を踏み分けつつ登りきると、木々の隙間から鳳凰京が見渡せる。

「京見の小山」と呼ばれるだけあって、南の端の羅城門から、北ノ京に位置して雅やかに立つ朱塗りの白鳳宮までが、見事に一望できる。

街を四角く区切る大路や通りが、四つ角の辻をつくりながら、まっすぐに延びていた。

青空のもとで眺める鳳凰京も、また美しい。

山々に囲まれた盆地に堂々と広がる都を眺めていると、背筋がのびる気もした。

(大きい——。わたしが守るのは、この都に暮らす人たちなんだ)

呪禁師になるのをやめてもいい——ふさぎこんだ気持ちを引っ張りあげてくれたのは、綾皇子の身代わりをつとめた少年だった。

——あの子を救うまでは、やめられない。

そう思ううちに、呪禁師になりたかった理由を思いだしただけだ。

（わたしが呪禁師になりたかったのは、師匠に憧れたからだ。それに――）

幼いころに見た白兎の姿に憧れたから。

鳳凰京にやってきた緋鳥を温かく迎えてくれた兄弟子や、呪禁師の先達に憧れたから。

憧れた人たちの背中を追いながら、七つの時にはじめて見た輝きを、まだ追い続けている――ただ、それだけだった。

見極めがはじまってからというもの、いやなことはたくさん起きた。

呪禁師だからというだけで化け物扱いをされるし、貴族のわがままさも身にしみたし、救いたくても救えないものもあった。

かなしいものも見た。

そうなった後に、なにが起きるかも知った。

（あの言霊は、虚子さんに届いたかな）

白兎からはじめて教わった幻術で、緋鳥はこんな言葉を残してきた。

――ずっと、あなたを追いかけてきました。

――これからも、あなたを追いかけていきます。

おかげで、呪禁師でいたいという気持ちは前よりも強くなっていた。

やけっぱちのようにいった、蘭丈の渋面と文句を思いだす。

『仕方ねえよ。呪いたい奴が減らないんだ。不条理がまかりとおる、くそみたいな世の中だから』

「同感だ、蘭丈」

緋鳥は顔をあげて、青空のもとで雄大に広がる鳳凰京を見下ろした。

「たぶん、この都があまりにもひどいからだ。この世がくそすぎて、わたしでも、すこし手を貸せばよくなってしまうから——だから、働きたい。わたしが手を貸して誰かをすこしでも助けられるなら、この力を使いたい」

胸の底からつきあがってきた言葉を、誓いをたてるように吐きだすと、すっと楽になる。

どうしよう——とひそかに悩んでいたことに、決着をつけられた気分だ。

「そうそう、この世があまりにもくそだから。だからわたしが、呪術と学識で、法と財で身を守る貴族みたいには自分を守れない鳳凰京の人たちを、守るんだ」

ふきだすように笑って、緋鳥は草に腰をおろした。

ちょうど背中のうしろに、石の祭壇がある。

鳳凰京の南方を守護する聖なる霊獣、鳳凰への捧げものを並べるための磐座だが、朔の晩には笹の葉や果実が並ぶその祭壇も、いまはからっぽだ。

「つぎの朔の晩にも、わたしが捧げものを届けられるかな。鳳凰にはとってもお世話になったから、お礼もしたい」

世話になったといえば、緋鳥には、どうしてもお礼をしたい相手がいた。

——山をおりたら、師匠の家にいって、たまにはわたしが夕餉(ゆうげ)をつくろう。

「小さいころからずっと、いつもありがとう」と伝えて、温かいごはんを食べよう。

もうすこしここで鳳凰京を眺めたら、白兎のもとへいこう——。

その男への想いに、身も心もじっと浸らせた。

腰をおろした草のやわらかさや、土の湿り気、吹きぬけていく風が心地いい。

小高い山々に囲まれた鳳凰京を、ぼんやりと眺め続けた。

きっと、長い時間そうしていた。

ある時、熱い風が背中のうしろから吹きはじめた。

ばさり、ばさりと翼で熱風をおしやるような吹き方で、ちかちかと火の粉をまとわせるような輝きが後方から近づいてくるのにも気づいた。

緋鳥は、くちびるに笑みを浮かべた。

火の粉をまとった熱い風を吹かせた相手が誰なのかは、もうわかる。

いまとなっては、その風を浴びるだけで『おや、またきたの？』と愛嬌(あいきょう)のある目配せが思い浮かんだ。

「おじゃましています」

天鳥山(あまのとりやま)はいまや、火の山の頂のように熱くなっていた。

でも、緋鳥にとっては心地のよい湯浴(ゆあ)みのようなもの。

普通の炎とは違う清らかな炎で、水でいえば、さらさらと流れる清流のようなもの。

そばにいるだけで心地よく、触れていると身も心も清められていく気もする。

ごう——と炎の音がして、背後に巨大な焚火(たきび)が降り立ったような気配を感じた。

「この前は、背中に乗せてくれてありがとうございました。——あっ、そういえば」

白兎につれられてはじめてその炎の前に立った時には、怯(おび)えてしまって、緋鳥は名乗ってもいなかった。

目と目を合わせての無言の挨拶(あいさつ)は済ませていたけれど、何度も世話になった大切な相手なのに名乗りもしないなんて、筋がとおっていない。

緋鳥は、うしろを振り返った。

そこに降り立った巨大な炎をまとう霊獣に向かい合って、丁寧に座りなおした。

「あの。わたしの名は、緋鳥っていうんです。真っ赤な鳥っていう意味で、師匠が字をくれたんです。その時の師匠は、きっとあなたのことを考えていたと思います」

真っ赤な火の鳥——炎に飾られた霊獣の目をまっすぐに見つめて、緋鳥は、笑いかけた。

「呪禁師(じゅごんじ)になったばかりの新参です。これからも、どうぞよろしく」

参考文献

『日本古代の道教・陰陽道と神祇』下出積與　吉川弘文館　１９９７年
『抱朴子　内編』葛洪 著、本田濟 訳　平凡社　１９９０年
『日本思想大系３　律令』井上光貞 校注、関晃 校注、土田直鎮 校注、青木和夫 校注　岩波書店　１９７６年
『人事の古代史　―律令官人制からみた古代日本』十川陽一　ちくま新書　２０２０年
『霊符の呪法　道教秘伝』大宮司朗　学研プラス　２００２年
『毒が変えた天平時代　藤原氏とかぐや姫の謎』船山信次　原書房　２０２１年
『王朝貴族の病状診断〈新装版〉』服部敏良　吉川弘文館　２０２０年

本書は書き下ろしです。

鳳凰京の呪禁師

円堂豆子

令和4年 8月25日 初版発行

発行者●青柳昌行

発行●株式会社KADOKAWA
〒102-8177 東京都千代田区富士見2-13-3
電話 0570-002-301(ナビダイヤル)

角川文庫 23297

印刷所●株式会社暁印刷
製本所●本間製本株式会社

表紙画●和田三造

●お問い合わせ
https://www.kadokawa.co.jp/ (「お問い合わせ」へお進みください)
※内容によっては、お答えできない場合があります。
※サポートは日本国内のみとさせていただきます。
※Japanese text only

ISBN 978-4-04-112732-2 C0193

◇◇◇

角川文庫発刊に際して

角川源義

第二次世界大戦の敗北は、軍事力の敗北であった以上に、私たちの若い文化力の敗退であった。私たちの文化が戦争に対して如何に無力であり、単なるあだ花に過ぎなかったかを、私たちは身を以て体験し痛感した。西洋近代文化の摂取にとって、明治以後八十年の歳月は決して短かすぎたとは言えない。にもかかわらず、近代文化の伝統を確立し、自由な批判と柔軟な良識に富む文化層として自らを形成することに私たちは失敗して来た。そしてこれは、各層への文化の普及滲透を任務とする出版人の責任でもあった。

一九四五年以来、私たちは再び振出しに戻り、第一歩から踏み出すことを余儀なくされた。これは大きな不幸ではあるが、反面、これまでの混沌・未熟・歪曲の中にあった我が国の文化に秩序と確たる基礎を齎らすためには絶好の機会でもある。角川書店は、このような祖国の文化的危機にあたり、微力をも顧みず再建の礎石たるべき抱負と決意とをもって出発したが、ここに創立以来の念願を果すべく角川文庫を発刊する。これまで刊行されたあらゆる全集叢書文庫類の長所と短所とを検討し、古今東西の不朽の典籍を、良心的編集のもとに、廉価に、そして書架にふさわしい美本として、多くのひとびとに提供しようとする。しかし私たちは徒らに百科全書的な知識のジレッタントを作ることを目的とせず、あくまで祖国の文化に秩序と再建への道を示し、この文庫を角川書店の栄ある事業として、今後永久に継続発展せしめ、学芸と教養との殿堂として大成せんことを期したい。多くの読書子の愛情ある忠言と支持とによって、この希望と抱負とを完遂せしめられんことを願う。

一九四九年五月三日